N&K

»Es war ein heller Augustnachmittag, ein Wochentag, der See war fast leer. Wie mit einem leisen Seufzen zog der Wind sich zurück, ließ eine glatte Fläche um das Boot, kreisrund, während weiter entfernt, auf dem übrigen See, das Wasser sich kräuselte wie zuvor. Das Boot glitt immer noch vorwärts, von seiner Masse geschoben und auch vom Wind, den das Segel aus den höheren Luftschichten einfing. Das Seestück spiegelte. Im Spiegel kam ein Boot näher, weiß, weiße Segel, hoher Mast. Es war ein weißer Drachen, am Steuer saß eine Frau, allein. [...] Die war Vorschot- und Steuermann gleichzeitig, schaute voraus, warnte vor Böen und Kollisionen und sah auf das Windfähnchen, bestimmte den Kurs. Mit der einen Hand führte sie die Segel, mit der anderen hielt sie das Steuer. Das Zusammenspiel war gut. [...] Die gefällt mir, die möchte ich sein, dachte ich: die Alleinseglerin.«

Christine Wolter wurde 1939 in Königsberg geboren, wuchs in Ostberlin auf, war einige Jahre Lektorin im Aufbau Verlag und lebt seit 1978 als Autorin und Übersetzerin in Italien. Ihr 1982 bei Aufbau erschienener Roman *Die Alleinseglerin* wurde zum DDR-Bestseller und 2022 zur gefeierten Wiederentdeckung.

Christine Wolter

Die Alleinseglerin

Roman

NAGEL UND KIMCHE

1. Auflage 2023
© 1982 Christine Wolter
Ungekürzte Taschenbuchausgabe
© 2022 für die Neuausgabe Ecco Verlag in der
Verlagsgruppe HarperCollins Deutschland GmbH, Hamburg
Umschlaggestaltung von wilhelm typo grafisch, Zürich
Umschlagabbildung von Sibylle Bergemann/OSTKREUZ
Gesetzt aus der Centennial
von GGP Media GmbH, Pößneck
Druck und Bindung von CPI books GmbH, Leck
Printed in Germany
ISBN 978-3-312-01291-6
www.nagel-kimche.ch

Klimaneutral
Druckprodukt
ClimatePartner.com/15109-2009-1001

MIX
Papier
FSC FSC® C083411

Für Hanns

I

Ich weiß nicht, warum gerade heute die Erinnerungen kommen. Es ist Februar. In Mailand regnet es. Ich gehe durch die nassen Straßen der Steinstadt, den Blick woandershin gerichtet, auf einen Ort jenseits dieser Mauern, Dächer, Fernsehantennen.

Dort im Norden schneit es. Flocken ertrinken im See, legen sich auf die Dächer am Ufer, taumeln durch die Kronen der Kiefern auf die schwarze Nadelschicht am Boden. Die Farben, die wenigen, die noch waren, erlöschen. Es schneit immerzu, das Weiß wird stärker, schmerzhaft beinah; der Schnee sinkt, rieselt, treibt zwischen den hohen Stämmen. Stille. Nur der Wind hat Stimmen, vom See her. Ein Sog, ein Ziehen in unüblicher Richtung hat mich erfaßt: von Süd nach Nord.

Dort im Wald, auf einem monströsen Karren mit zwei verrosteten Eisenrädern, viermal abgestützt und an einen Kiefernstamm gelehnt, steht das Boot. Von den Planen verdeckt, scheint es schwerfällig und massig, mit seinem grindigen Kiel, dieser Riesenbauchflosse, aber ich kenne es zu genau, habe seine Maße zu oft genannt, ich weiß, daß es neun Meter lang ist und zweieinhalb

Meter breit und daß es einen Meter fünfzig Tiefgang hat, schwimmend oder an Land unter einer Plane im Schneetreiben. Ein großes altes Boot, pflegebedürftig und kostspielig. Man soll sein Herz nicht an Dinge hängen. Ich hänge an ihm.

Februar. Es regnet. Wenn man nachts das Fenster aufmacht, ist der stockende, wütende Autostrom durch die breiten, immer zu engen Straßen fast versiegt. Es riecht nach Luft. Nach Frühjahr beinah. Vielleicht hat der Geruch der Lackfarbe, mit der ich heute nacht in der Küche Blechdosen bepinselte, gemischt mit der Nachtfeuchte, die ich zum Fenster hereinließ, meine Erinnerungen heraufgeholt. In einer bestimmten Zeit gehörten der Geruch nach Frühling und der Geruch nach Lackfarben zusammen. Es war keine Verbindung, die mich froh machte. In jener Zeit, als ich Bootseigner war, brach bei mir nicht jener freudige Aktivismus der Wassersportler aus, wenn der Schnee schmolz, nur ein Gefühl von lastenden Pflichten, von Sklaverei: unfreie Wochenenden für lange Zeit, nach Halböl stinkende Hände, entzündete Augen vom Staub der abgeschliffenen Farbe. Schon im voraus sah ich die Kupferkleckse vom Unterwasseranstrich in meinem Haar und auf der Stirn und fühlte die Schultern schmerzhaft vom kreuzweisen Pinselschlag mit der Vorstreichfarbe. Ich versuchte mich hinter anderen dringenden Arbeiten zu verschanzen, hatte Erkältungen, Dienstreisen, keine Farben – und das machte alles erst recht schlimm.

Aber jetzt denke ich weniger an die Kreuzschmerzen

und die eisigen einsamen Nächte im Holzhaus beim Boot dort draußen. Ich sehe das tauende Eis auf dem See – wie große graue Flecke trieben die Schollen –, die nackten hohen Bäume in einem eigentümlichen Licht, die Rutenbündel der Büsche, wie durchsichtig alles. Unter dem trockenen, staubenden Laub, den tellergroßen Blättern der Bergeiche, fand ich jedes Jahr an denselben Stellen wieder Veilchen. Und schließlich kam die Lust, nach all dem Schaben, Schleifen, Ölen, Verkitten, Vorstreichen, eine glänzend weiße Lackfläche herzustellen. Ein weißes Boot.

Von all dem wußte ich nichts, als ich den weißen Drachen zum erstenmal sah. Ich wußte nicht, wie ein Boot von unten aussieht, wußte nicht, wie lang neun Meter für die eigenen Armmuskeln werden können und wie endlos ein Mast in der Horizontalen ist, wenn man ihn mit Sandpapier abschleift, ich wußte sehr wenig von Booten. An einem Sommertag nahm er mich zum erstenmal mit an den See. Vielleicht hielt er mich, Studentin im zweiten Semester, für reif genug, den See, das Wochenendhaus, das Boot kennenzulernen: diesen Teil seines Lebens. Das Auto blieb auf dem oberen, verwilderten Teil des Grundstücks, ein Weg führte unter Kiefern abwärts zum Ufer. Plötzlich ein Gärtnergarten: Rasen, Spiräa, Rhododendron, Rittersporn unter hohen Eichen. Nur ein paar Schritte, da war schon der See, von einem hohen Schilfwall eingeschlossen. Auf der Terrasse vor dem Holzhäuschen blieben wir stehen.

Die Steine waren weiß; Marmor, sagte er, Säulenstücke aus Berliner Kriegstrümmern, in Scheiben geschnitten; er zeigte mir die Kannelierungen. Der helle Stein, die unsichtbare Anwesenheit von Säulen gaben diesem Platz unter der hohen seewärts geneigten Birke an jenem Sommertag etwas Festlich-Vollkommenes, und ich spüre es noch immer, aber ferner und nicht mehr so klar, seit er nicht mehr da ist.

Verschiedene Gepäckstücke waren vom Auto unter den Kiefern ins Häuschen an den See zu bringen, auch Kartons mit Getränken, aus denen eine Flasche Weißwein sogleich hinter dem Haus in einen Eimer mit frisch gepumptem erdkaltem Brunnenwasser gesenkt wurde.

Ich bewunderte ihn, er hatte Geschmack, er genoß das Einfache. Die märkischen Kiefern, die Eichen am See, die Birke über weißen Marmorplatten, das Häuschen mit der großen Glastür, hinter der ein einziger Raum lag, klar und geordnet, und darüber die Veranda. Ich bewunderte ihn, ich verachtete ihn. Auto, Waldstück, Seeufer, Terrasse, Haus – mir paßten diese Privilegien nicht zu seinen Reden von der neuen Gesellschaft. Beim Hin- und Hergehen vom Auto zum Haus warf ich von der Terrasse einen Blick auf den See. In der Schilfwand war eine Lücke. Eine kleine Erle neigte sich über den Holzsteg, der weit hinausführte in das kleinwellige Wasserglitzern. Am Ende des Stegs, neben der Plattform, lag das Boot, unmerklich schaukelnd, ein hoher Mast, ein langer Körper, von einer Plane verdeckt. Zwanzig Pfähle hatte er in den Seegrund treiben und sie mit

Kanthölzern und Bohlen decken lassen, fünfzig Meter weit in den See hinein, das verlangte der Tiefgang. Da lag das Boot, der Renommierkahn, das Prachtschiff, seine Tollheit. Der ganze Preis war draufgegangen, mit dem er für seinen Block E in der Stalinallee belohnt worden war, sein ganzer Anteil am Kollektivpreis, und noch einiges dazu. Immer hatte er ein Boot haben wollen, sein ganzes Leben lang, seit er als Junge mit einem selbstgebauten Kahn aufs Wasser gegangen war, auf den Fluß, der durch seine Vaterstadt Lübeck fließt und dessen Name mir nicht gewärtig ist, denn nie bin ich in jene Gegenden des Auslands gekommen. Er war über sechzig, als er wieder zu segeln begann, sogar in Regatten hatte er sich gewagt, wenn auch mit gemietetem Steuer- und Vorschotmann. Ich war zwanzig. Ich billigte seine Tollheiten nicht. Ich billigte vieles an ihm nicht.

Das Boot war schön. Lang und schmal lag es im Wasser, es sah leicht aus und schnell mit seinem weit vorschwingenden Bug und dem hohen Mast. Schön, aber auch unverständlich: ein Gewirr von Drahtseilen, undurchschaubar die Knoten und metallenen Ösen. Vorn und hinten war es an Pfählen festgemacht, parallel zum Steg auf den Wellen tänzelnd, straffte es spielerisch bald die vorderen, bald die hinteren Taue, von denen ich erfuhr, daß sie nicht Taue, sondern Enden hießen. (Ein berühmter Gast, Akademiepräsident oder ähnliches, hatte beim Besteigen des Bootes gefragt: An welchem Kabel soll ich ziehen?) Anlegeenden. Mit ihnen hatte ich zuerst zu tun. Die ersten Handgriffe, die ich übernehmen durfte:

losmachen und festmachen, nach genauen Befehlen. Er, der Kapitän, trug eine weiße Seglermütze. Er nahm einen bärbeißigen Ton an, sobald er an Bord herrschte; denn Mitsegler, Gäste, also Laien, Ignoranten, bedeuteten Notstand, Gefahr, das machte seine Stimme barsch. Jetzt segelte ich mit, unwissend, beschäftigt mit Ablegen, Anlegen, Festmachen, Lösen, Fieren, Dichtholen.

Er segelte gern. Sobald er in das Haus am See kam, ging er ein paar Schritte auf den Steg hinaus, um zu sehen, wie der Wind war. Er segelte gern, wenn das Wetter gut war, also kein Regen, kein Sturm, keine Böen, keine Flaute. Am wenigsten liebte er Böen, und wenn sich der See in wechselnden Richtungen kräuselte, blickte er mißtrauisch übers Wasser: Zu böig, sagte er, wandte dem See den Rücken, mit Bedauern, aber entschieden, murmelte von Mastbrüchen und Segelrissen, blieb an Land.

Unter den Bäumen spielte er Boccia und Federball oder schoß mit einem großen Bogen Pfeile auf eine Strohscheibe. In den letzten Jahren spielte er nur noch Boccia. Wenn es regnete, spielte er Schach und Skat und sah von seiner Veranda über den See. Er war ein guter Spieler. Er spielte gern und hatte keinerlei Pflichtgefühl gegenüber Haus und Garten; er kümmerte sich um das Kaminholz und das Kaminfeuer und um die Kühlung der Getränke, für alles andere gab es jemanden oder fand sich jemand.

Er liebte die leichten, freundlichen Winde, den stetigen Ost, den lauen West, der, wenn er zu sanft war, Flauten brachte oder über Mittag und am frühen Abend schon einschlief. Besser Flaute als Sturm, meinte er; er hatte wohl genug Unwetter erlebt, um ihrer überdrüssig zu sein.

So sehe ich ihn auf seinem Boot in einem kurzärmligen weißen Schönwetterhemd und mit weißen Hosen, die Augen zusammengekniffen unter dem Schirm der Seglermütze. Auch die Vorschotfrau ist in Weiß, kurzhosig, sie hantiert, knotet, kniet, zieht, springt, während er ruhig auf der Steuermannsbank sitzt und die geflochtene Großschot in ordentliche Schlingen auf die Mahagonibodenbretter legt. Kurze Kommandoworte: irgendwie geht es los, wie, weiß ich nicht, denn an entscheidenden Manövern bin ich nicht beteiligt, muß nur dafür sorgen, daß hinten rechtzeitig die Enden los sind und daß das Boot nicht die Plattform berührt, was eine der größten Gefahren überhaupt zu sein scheint. Warum? Nicht fragen. Gäste mögen sich beim Ablegen still verhalten. Später dürfen sie helfen. Der Kapitän legt das Ruder herum, die Vorschotfrau greift in die Fallen, und das Segel geht hinauf, Wind schlägt hinein, Flattergeräusch wie eine Serie von Explosionen. Dann ist plötzlich Stille, die Segel haben sich entschieden, füllen, bauchen sich, das Boot neigt sich zur Seite und kommt in Fahrt. Der Kapitän legt die Großschot fest und lehnt sich zurück.

Fock dichter, kommandiert er, und das ist an die Gäste gerichtet, die Winsch knarrt, das Vorsegel flattert weiter, die Schot verfängt sich vorm Mast in einer Klampe, bis die Vorschotfrau eingreift, die Fockschot faßt, das Bein stramm gegen die Seitenwand stemmt: hart am Wind.

Ich erinnere mich an das Glitzern, das der See uns in die Augen warf, der Wind umspülte uns warm, das Boot eilte, leicht in seiner Schwere, von einem Ufer zum anderen. Wind von achtern trieb uns heim, die Kommandos klangen nun friedfertig. Aus der gelben »Orient«-Schachtel ließ er sich eine Zigarette anzünden und erklärte mir das scheinbare Nachlassen des Windes. Er zeigte uns die Bugwelle, eine starke Welle, die das Boot warf, obwohl es ruhig im Wasser zu liegen schien: wir sahen, wie schnell das Ufer näher kam.

Später, nach den erregenden Minuten des »Anlegens«, in denen seine Stimme noch einmal gequetscht geklungen hatte, tranken wir Tee, viel Tee, die Luft, der warme Wind, eine merkwürdige unmerkliche Anstrengung hatten uns ausgetrocknet und erheitert. Wir waren müde wie nach großen Taten, von der Terrasse blickten wir durch die Lücke im Schilf auf den See, das Boot lag noch offen, das Segel hineingeworfen, später würde ich es zudecken. Vom Tee war es nicht mehr lange bis zum Sonnenuntergang, und erst dann begann er zu trinken. An warmen Abenden saß er auf der Terrasse unter der Birke, die Wein- und Wodkaflaschen im Eimer mit dem kalten Brunnenwasser, um die herausgerückte Stehlampe schwirrten Mücken und polterten dumpf die Nachtfalter, und seine Reden wurden länger. Vom anderen Ufer glänzten Lichter, der See war dunkel, mittendrin, so schien es, schwamm das prächtige weiße Boot, leise klatschten die Wellen gegen seinen Körper.

Und jede Fahrt kostet mich hundert Mark, sagte er.

Wie unpassend, dachte ich. Bei solchem Wetter, bei solchem Wind. Und fragte spöttisch: Was bezahlst du denn für die Brise Südwest, Käptn?

Der Satz kehrte später häufiger wieder: Jede Fahrt kostet mich hundert Mark. Ich achtete nicht darauf. Ich begriff nicht, daß die Tollheit beim Kauf nicht aufhörte, sondern anfing. Ich begriff überhaupt wenig. Und wer toll ist, der ist empfänglich für Tollheiten.

Ich fürchte, ich beschreibe meinen Vater falsch. Ich sehe ihn aus so großer Ferne. Will ich ihn, von dem mich ein halbes Jahrhundert trennt, näherholen, während ich an das Boot denke? Ich rufe ihn mir ins Gedächtnis zurück von weither, aber ich sehe doch nur ein weniges von ihm. Nur in einem Teil seines Lebens war ich anwesend. Aber Fragen nach jenem langen Leben vor mir, vor meiner Zeit, stelle ich mir jetzt nicht, jetzt noch nicht.

Jenen weißgekleideten älteren Herrn auf der Steuermannsbank, den ich kennenlernte und Käptn nannte und der noch immer ein anziehender Mann war, hatte ich abgetrennt von jenem sehr Geliebten, der eines Nachts betrunken nach Hause gekommen war und die Mutter gesucht hatte, die sich weinend versteckte, erschreckende Szene ohne Sinn: es änderte nichts mehr; jenem Mann, der dann fortging und mich, die Elfjährige, schmerzhaft und unheilbar enttäuschte. In der Zeitung sah ich später sein Foto zusammen mit den anderen des Kollektivs, das für die Entwürfe der Stalinallee ausgezeichnet worden war. Die schönen Augen. Den ironischen Mund. Das neue Leben.

In den stürmischen Jahren, den Aufbau-, den Rauschjahren, habe ich ihn nicht gekannt. Bei den Regatten mit dem neuen Boot, das er sich für den Preis kaufte, bei den Wettfahrten auf dem Müggelsee, bei denen zwei Vorschotmänner mitsegelten und nach denen auf Sieg und Niederlage gleichermaßen wild getrunken wurde, habe ich ihn nicht gesehen. Einmal schenkte er mir einen Anzug, mit dem er von einem Bootssteg ins Wasser gefallen war und der die Fasson verloren hatte. Es war ein feiner grauer Wollstoff, Grisaille, aus dem teuren Laden *Unter den Linden*, Maßatelier; unsere alte Schneiderin machte mir daraus ein Kostüm, das ich viele Jahre im Büro trug.

Der Käptn, den ich kennenlernte, liebte die Schönwettertouren. »Kaffeefahrten« nannte er sie, ironisch auch mit sich selbst. Immer begannen sie in Spannung, mit Kommandofetzen und schnell unterdrückten Schreien, gingen dann in sanftes Gleiten über, der Flaute näher als dem Wind, mit dem spielerischen Geräusch der gegen den Bug klatschenden Wellchen, und endeten wieder in Spannung, mit geknurrten Befehlen. Ich wurde nicht zum Segler. Ich hatte zu tun mit Schoten, Enden, Pardunen, mit Lösen, Festmachen, Fieren. Ich sonnte mich. Schaute zu den Ufern. Der Drachen (Länge über alles 9,82 m, 24 m² Segelfläche, Karweelbau, Mahagoni und Lärche, gebaut von der Bootswerft Schaal, damals Köpenick, dann Westberlin) gab sich nicht preis.

II

Es bläst durch alle Ritzen herein, als hätten die Erbauer dieses Hauses sowenig wie ich gewußt, wie kalt der lombardische Winter ist. Aber ich möchte den Schreibtisch nicht von der Fenstertür wegrücken, von diesem Blick auf die Reste eines alten Gartens mit einer großen Steineiche und einer Magnolie, deren dunkelgrüne Blätter der Regen peitscht, und einer hoch und etwas schief über das Gebüsch hinausgewachsenen Kiefer, einsam und nördlich zwischen den mediterranen Bäumen. Auch wegen des Blicks auf den gegenüberliegenden Palazzo möchte ich meine Stellung nicht ändern, auf sein fleckiges Ocker, die Reihe schmaler, hoher Fenster, deren Läden mir wie Flügel vorkommen, auf den kleinen Balkon mit seiner Balustrade von rundlichen Säulen. Auf das flache Dach möchte ich nicht verzichten, das sich dort unten zwischen Balkon, Bäumen und unserem Haus erstreckt; auf seine grauen Steinplatten schlägt jetzt der Regen und sammelt sich zu Seen, und manchmal sehen wir ein schwarz-grau gestreiftes Tierchen darüberhin huschen, das wir »das Tier« genannt haben und dessen Erscheinen wir jedesmal freudig einander mitteilen.

Würde ich meinen Tisch näher an die lauwarme Heizung rücken, sähe ich aus dem anderen Fenster zwei neue Hochhäuser, die in den Garten vorgedrungen sind; vom näheren ein anonymes Mittelstück mit tags stets von Neonlicht erhellten Büroräumen, in denen sich Neonschatten bewegen; vom zweiten, etwas weiter entfernten, die oberen Stockwerke. Seine von Jalousien verschlossenen Fensterfronten rufen in mir ein Gefühl von etwas Häßlichem und Drohendem hervor, vielleicht auch wegen der wie Fangarme in den Himmel greifenden Antennen auf dem Dach.

Ich bleibe an meinem kalten Platz, die Füße in Decken gewickelt, und verfolge das häufige Öffnen und Schließen der schmalen Fensterläden gegenüber, einen mir rätselhaften Rhythmus zwischen Hell und Dunkel, der hinter diesen Fenstern tagsüber gelebt wird. Selten werden die Läden später als mit dem dämmernden Nachmittag endgültig geschlossen, nur manchmal sehe ich oberhalb des Balkons das bunte Flimmern eines Fernsehers und am entferntesten Fenster im Honiglicht einer Schreibtischlampe die Gestalt eines jungen Mannes, der im Zimmer auf und ab geht, ans Fenster tritt und sich wieder an seine Bücher setzt. Dann wünsche ich, daß er mich sähe an meinem Tisch, und ich knipse meine Lampe an, während er ans Fenster tritt, die Läden heranzieht und im Dunkel verschwindet.

Die Bilder kommen, ich muß sie nicht rufen.

Unter den Kiefern steht das alte Boot. Es hat morsche

Stellen, schreibt Kutte. Gleichzeitig wiegt sich das andere, das Käptnboot, in weit zurückliegenden Sommern auf dem Wasser. Mein Vater, weißhaarig, weißgekleidet, geht mit kleinen Schritten über den Steg. Das erhitzte Gesicht von Werner, der sein Fahrrad an den Zaun gelehnt hat, kommt mir entgegen. Und der See, in allen Jahreszeiten all der Jahre.

Warum dieses Nordwärtsgehen, frage ich mich.

Länger als ein Jahr lebe ich hier. Ein Tag läßt den anderen verblassen in der Hast dieser Stadt. Aber es geht mir gut: ich bin bei Pietro. Das wollte ich.

Warum also wieder dieses Fortwollen, Umschlag des Fernwehs? Will man woanders sein, um anders zu sein? Hofft man immer noch darauf? Alle die anderen Ichs, die man leben könnte, sind, glaubt man, nur an anderen Orten möglich. Weg, zurück: nur nicht hier.

Der Drachen gab sich nicht preis, wir blieben Fremde. Er war schön und vornehm, ich fand ihn hochmütig; er war leicht zu bedienen und lief mit dem Wind, mir flößte er Mißtrauen ein, ich fand ihn kompliziert. Ich irrte mich nicht nur in ihm. Ich studierte Literaturwissenschaft, die Kunst als Widerspiegelung der Wirklichkeit, aber die wirkliche Wirklichkeit begriff ich nicht. Unfaßbar blieb mir der Unterschied zwischen wirklichem und scheinbarem Wind; die Bewegung der Baumwipfel konnte ich nicht lesen und nicht die Kräuselschrift der Böen auf dem Wasser.

Auf der »Rohrdommel« übte ich segeln. Die »Rohrdommel« war eine alte Wanderjolle, ein leichtes, flaches

Schwertboot, das jedem Windhauch antwortete, sich neigte, aufrichtete, schwankte. Der Nachbar überließ es mir zum Üben, zeitweilig mit einem grauhaarigen Onkel, der früher zur See gefahren war und der mir seine Kommandos, mit Trost und Zuspruch gemischt, ins Ohr schrie. Ich mußte hart am Wind segeln, gegen sein drohendes Brausen ankämpfen und gegen den Galopp meines ängstlichen und unerfahrenen Herzens. Abfallen! schrie Onkel Lehmann, und erleichtert fiel ich ab, wurde ruhiger, da das Boot sich einen Augenblick aufrichtete, aber nur einen Augenblick, denn schon wieder kam das Kommando »hart am Wind!«, und ich krampfte die Hände um die Großschot und warf mich auf die Luvseite. Eine Angst-Lust war das, den See hinauf und hinunter auf der hüpfenden »Rohrdommel«, die Augen aufs Wasser geheftet, um die herankommenden Böen rechtzeitig zu erkennen, und gleichzeitig zur Mastspitze gerichtet, auf das flatternde Standerfähnchen, und noch höher hinauf, zum Himmel mit den weißen Wolken, deren Ränder Windstöße brachten, dabei hinauslehnen über den Bordrand, Segel nachgeben, aber keine Fahrt verlieren!

Jetzt lernte ich, was das bedeutet: am Wind, beim Wind, vorm Wind. Ich fühlte es, ich atmete anders, angespannt oder gelassen, auch Stimmen und Blicke änderten sich. Kurs, häufig gelesenes Zeitungswort, das eine Zeitlang mit dem Attribut »neu« gebraucht worden war, wurde jetzt, auf der »Rohrdommel«, die Wahl zwischen Ankommen und Kentern. Dauernde, anstrengende Entscheidungen. Es hängt von dir ab, ob du ins Schilf taumelst oder den Pfosten fassen kannst, über das Wie mußt du dich mit deinem Mitsegler unter dem Druck des Windes eilig und schreiend einigen.

Atemlos kam ich an Land, in einem wilden Ritt hatte ich den See abgemessen mit meinen Herzschlägen; atemlos, durstig, windzerfetzt. Onkel Lehmann, ehemaliger Maat, stieg lachend mit seinem steifen Bein aus dem Boot. Ich hatte den Himmel in den geblendeten Augen, die Sonne, die weißen Kumuli, den flatternden Stander; das Klatschen des Segels war mir in den Ohren geblieben und das Rauschen, das der Bug aus dem Wasser schnitt.

Vom Ufer aus sah er uns zu. Ihm war es lieber, daß ich das Boot des Nachbarn und nicht seinen Drachen für meine Segelversuche benutzte. Mir war es auch lieber. Auch Onkel Lehmann, der schon vor der Ausfahrt einen gezischt hatte, wie er gern zugab, war mir lieber, er gab mir auf der krängenden »Rohrdommel« mehr Sicherheit als ein Drachenkiel. Mein Vater sah zu, manchmal von der Veranda aus mit dem Fernglas.

In dem sommers heißtrockenen Kiefernwald auf dem oberen Teil des Grundstücks stand ein zweites Holzhäuschen. Es war eines jener Behelfsheime, sechs mal sechs Meter im Grundriß, die von Stadtbewohnern während des Krieges gebaut worden waren, ganz fertig war es nicht mehr geworden. Die Ortsansässigen hatten es in den Nachkriegsjahren als Quelle für Baumaterial betrachtet und es bis auf eine fenster- und türenlose

Schale abgebaut: Fundament, Holzbalken, Holzwände, Zwischendecke und spitzes Ziegeldach waren geblieben. Als mein Vater das Grundstück pachtete und das Haus am Ufer ausbauen ließ, hatte er an der Waldhütte ein Schild anbringen lassen, das in drohend-offiziellem Ton die »Entnahme von Baumaterial« verbot. Die angekündigte strafrechtliche Verfolgung und der von Titeln geschmückte Name schreckten niemanden in einer Gegend, wo man »besorgte«, was man brauchte, und wo nur Fakten wie »Vorsicht! Bissiger Hund« galten. Die Haus-Hülle wurde dünner.

In einem jener Sommer ließ er unter dem Dach der Waldhütte ein Kämmerchen ausbauen: Dachschrägen und Wände mit gelblich lackierten Hartfaserplatten verkleidet, hellgestrichene Fußbodenbretter, ein Fenster mit Blick auf Kiefern, Birken und Sonnenuntergang. Eine Tür trennte das nach Farbe riechende Zimmer von der verstaubten Wirrnis des übrigen Hausinnern, eine Holztreppe, solide Zimmermannsarbeit, führte hinab zur Erde. Dieser kleine Raum, den der Käptn meiner Schwester und mir eines Tages aufschloß und ironisch und stolz »das Prinzessinnenpalais« taufte, wurde, damals wußte ich es noch nicht, ein Ort meines Lebens. Wurde, war, ist? Ich will es jetzt dahingestellt sein lassen: ich verdanke ihn ihm, der den Abstand zwischen uns verringern wollte. Er gab uns noch eine Gelegenheit, ihn kennenzulernen, spät, aber er gab sie uns.

Das Boot lag leuchtend am Steg, Sommer um Sommer. Jedes Frühjahr kam es verjüngt aus der Werft zurück, es alterte nicht. Er alterte, obwohl ich vermied, es zu bemerken. Die Flasche Wodka war nicht mehr nötig abends, um müde zu werden und etwas wegzuspülen, was ich nicht verstand. Drei Gläser genügten. Zwei Gläser. Der weißbärtige Nachbar, Eigner der »Rohrdommel«, kam zum Skat und half die Flasche leeren. Prost, Arturo, sagte mein Vater in den Zigarrenrauch hinein.

Auf dein Wohl, Professor.

Er war über siebzig. Die Zeit der Ehrungen war vorbei. Er war aus dem Spiel. Er spielte Skat und Boccia. Er hatte Zeit. Er suchte uns und stellte sich unseren Anwürfen, die aber keinen Sinn mehr hatten. Alle hatten die Meinung geändert.

Aber die »Allee« ist doch wenigstens noch eine Straße! sagte er. Ich verstand erst später, daß das keine Verteidigung war, sondern ein Blick über sich selbst hinaus.

Er saß zwischen uns, als wir im Sommer auf seiner Terrasse tanzten, er verzog sich nicht, sondern saß dabei, zwischen Kerzen und Rotweinflaschen, und streichelte ein Mädchen, alberne Worte flüsternd. Er meinte es ernst, er wollte den Abstand vermindern. Fanden wir ihn ein wenig lächerlich? Mit Werner ging ich hinauf in das Dachzimmerchen der Waldhütte.

Im Sommer nach seinem Examen war Werner an den See gekommen. Die ganze Strecke von der letzten Berliner S-Bahn-Station bis an unser Ufer hatte er per Fahrrad zurückgelegt. Es war ein heißer Juli, er trug ein verschwitztes altes Hemd und zu weite, verschlissene Popelineshorts. Ich sah nur sein Gesicht, dieses heiße Leuchten, das auf mich zukam, während er sein Fahrrad an den Zaun lehnte. Mein Kommilitone. Mein Kompagnon. In den Prüfungswochen seines Staatsexamens hatte ich, ohne an die eigenen Zwischenprüfungen zu denken, im Korridor seines Instituts auf ihn gewartet. Jedesmal war er mit diesem Gesicht aus dem Examensraum gekommen; über dem Blauhemd, das alle Prüflinge trugen, hatte ich das Flammende erkannt, die Anrennerstirn, das Lachen: im großen Abschlußmatch hatte er wieder einen Mathematiker oder Gesellschaftswissenschaftler bezwungen. Werner lehnte das Fahrrad an den Zaun, er hatte die lange Strecke durch den Wald und die sommergelben Wiesen geschafft, er richtete sein entflammtes Gesicht auf mich. Wir gingen hinauf in das Dachzimmerchen, das nach Kiefernwald roch.

Wir segelten zusammen auf der »Rohrdommel«. Wir hatten Angst und schrien gegen den Wind. Wir landeten stolz. Mein Vater stand auf dem Steg. Ich glaubte zu sehen, wie er den Kopf schüttelte, aber eigentlich tat er so etwas nicht.

Manchmal, wenn er bei schönem Wetter mit dem Drachen hinausfuhr, legte er mir die Ruderpinne in die Hand. Er ließ sie nicht ganz los, aber ich konnte den Druck des Wassers spüren, der sich als Zittern auf die Pinne übertrug und dem ich antworten mußte. Das Boot ist luvgierig, sagte er, fühlst du es? Er bremste meine ruckartigen Manöver. Such dir einen festen Punkt am Ufer und richte den Bug darauf. Gefühl, mehr Gefühl! sagte er. Die Fock durfte nicht flattern, und das Großsegel mußte sich bauchen und in derselben Linie wie der Stander stehen.

Wenn ich heute, nach so vielen Jahren, die Hand auf die vibrierende Ruderpinne lege und den Wind als Wasserdruck in meinem Arm spüre und dagegendrücke, aber nicht scharf, nicht herrisch, denn die Elemente leben, und ich will mit ihnen leben, dann ist mir, als säße er neben mir.

III

Wir fahren Wein kaufen. Dunst steht in der Ebene. Ein fahles Licht spielt über Pappelreihen und Weidenknorren. Auf den Hügeln des Piemont liegt gealterter Schnee. Auch die Weinberge sind weiß, um jeden Weinstock ist ein runder schwarzer Fleck Erde, wie ein ausgestanztes Muster. Die Weinbauern sind gelassen und würdevoll, sie lassen kosten und warten ab. Wir halten den eisigen Wein in den Gläsern, die Hände können ihn nicht erwärmen, sondern gefrieren selbst sofort, wir trinken einen Schluck und schmecken nichts, bei solcher Kälte kann man nichts schmecken. Wir kaufen dann doch, denn dazu sind wir hergefahren.

Die Straßen des Städtchens Gavi, das unserem Wein den Namen gibt, sind nackt und kurvig, nur ein paar alte Männer mit rotgefrorenen Gesichtern sind unterwegs. Auf dem Marktplatz laufen Kinder in Faschingskostümen zusammen und knallen mit ihren Spielzeugpistolen; ein hochgewachsener Mann in langem Schwarz – nein, das ist kein Kostüm, das ist ein Priesterrock – leitet mit gemessenen Zeigefingerbewegungen ihr Spiel.

Das Heimkommen verdüstert. Die Stadt schwimmt in Grau. Über den Kreuzungen hängt das gelbliche Licht der Nebellampen, man fährt hinein wie in ein Labyrinth, wird aufgesogen, verschlungen. Nebel und Regen wechseln. Das schlechte Wetter ruft schlechte Erinnerungen, die Stirn dröhnt. In Grau löst sich alles auf, und was mir jetzt aus fernen Bildern entgegenkommt, ist trüb und unwillkommen. Nebelfarben, Wintergefühle.

An einem kalten Wintermorgen fuhr ich mit Werner in den Vorort, durch den die Dahme fließt. Unsere Übungsfahrten auf der »Rohrdommel« im Sommer hatten eine geheimnisvolle Ansteckung hinterlassen. Es fehlte uns, meinten wir, nur das richtige Boot, etwas Robustes und Einfaches. Wir hörten von einem Kreuzer. Ein alter Kahn, hieß es, eine dieser schweren Truhen, die der suffnasige Geschichtenerzähler T. baute, kurzfristig benutzte und abstieß. Ein Kielboot also, genau das, was wir brauchten, weil es allein mit dem Wind fertig wurde und nicht auf uns angewiesen war.

Die Bootseignerin kam uns über das verwahrloste Gelände der Schmöckwitzer Werft entgegen.

Eis knisterte in den Pfützen. Der Wind, der in Stößen vom Fluß heraufsprang, warf ihr das lange rote Haar ins Gesicht und schlug ihren Mantel über dem acrylgrünen Pullover auseinander. Man sah kaum, daß sie schwanger war. Sie sagte es aber gleich, mit einem trokkenen, auch grollenden Ton, und warf einen finsteren Blick auf meinen Kompagnon, der doch, bei allem, was man von ihr erzählte, auf keinen Fall in einer schuldhaften Beziehung zu diesem Bauch stehen konnte. Sie beeindruckte mich, wie sie von ihrem Bauch redete. Ich wußte ja noch nicht, daß man ein Boot immer nur aus »persönlichen Gründen« verkaufte, eben »umständehalber«: ein Kind, das erwartet wurde; ein Steuermann, der den Abschied nahm; eine Erbschaft; ein Umzug; eine Reise. Nie stieß man ein Boot ab, weil es zu alt war oder zu unpraktisch. Ich wußte das noch nicht, ich sollte es erfahren.

Der Grund oder Anlaß der Miniaturmalerin, sich ihres Kajütkreuzers zu entledigen, dieser noch kleine Bauch, auf den sie mit widerwillig verzogenem Mundwinkel dauernd zu sprechen kam, war jedenfalls da. Sichtbar und schon ausgiebig beredet auf den letzten Ausstellungseröffnungen, vor allem weil mehrere Männer, alle schon gebunden, in Frage kamen. Die Malerin stapfte vor uns her über das windige Freigelände neben dem großen Bootsschuppen, ihr Haar flatterte, ihre Stimme durchschnitt den Wind. Ich folgte ihr, starrte sie an, bewundernd, und fragte mich, wie sie es fertigbrachte, in einer solchen Situation nicht zusammenzubrechen. Ja, sie schien noch an Kräften zu wachsen in dieser Zeit, in Kritiken hatte ich gelesen, ihre Linien seien fester und ihre Palette sei reicher geworden. Ihre Miniaturen, die sie in runde Holzrähmchen steckte, fanden Käufer.

Zwischen eingehüllten und verpackten Booten, die wie tote Walfische aussahen, irrten wir suchend, bis wir endlich den Kahn fanden, den sie von dem alten Fahrensmann übernommen hatte. Ein paar Minuten schien sie nicht ganz sicher, ob es wirklich ihr Boot war. Ein bequemer Kreuzer, viel Platz, selbstlenzende Plicht, leicht zu segeln, behauptete sie. Sie allerdings war immer nur bis zur Flußmitte gefahren, hatte dann das Zeug runtergelassen und sich auf Deck gesonnt, was ihr die Verachtung der Klubmitglieder eingetragen hatte. Darauf war sie stolz. Jedenfalls brauchte sie jetzt Geld, sie würde weniger Zeit zum Malen haben, sie mußte eine Pflegerin für das Kind nehmen, klar. Die traditionelle Rollenverteilung wollte sie nicht akzeptieren. Mehrmals benutzte sie das Wort Joch in bezug auf Männer und Kinder, ein Joch, das sie nicht auf sich zu laden gedachte.

Das Boot war eine mächtige Kiste, Karweelbau, der Kiel rostüberzogen, was aber nach ihrem Urteil ohne Belang war, der Bootskörper von getrockneten Algen bedeckt. Ein Boot zum Segeln, sagte die Malerin, ich habs zum Segeln und Sonnen benutzt, nicht zum Lakkieren.

Ihre Stärke hängt wohl mit der Verachtung zusammen, die sie für Männer hegt, dachte ich. Eisige Windstöße kamen vom Fluß, sie schleppte von irgendwo eine kurze Leiter herbei, lehnte sie ans Boot. Ächzend stieg sie hinauf, schwang sich über die Bordwand ins Cockpit. Werner folgte, zuletzt kam ich. Ab und zu riß der Wind die Wolken auseinander, die Sonne kam durch und ließ die Schneereste und Eisstücke in den Pfützen aufblitzen. Meine Augen schmerzten. Gut, daß der kalte Wind mir ins Gesicht schlug. Ich fühlte mich elend und verheult, noch elender und verheulter, als ich war, angesichts dieser Frau, die ich nach allem, was ich über sie gehört, für bemitleidenswert gehalten hatte und die jetzt hier oben in ihrem viel zu großen Boot herumstöberte und offenbar gut allein mit allem fertig wurde.

Die ganze Nacht hatte ich mit Werner geredet, auf ihn eingeredet, etwas in ihn hineinzureden versucht, was er beharrlich bestritt und widerlegte. Im Dunkeln hatten wir auf meinem Bett nebeneinandergelegen, und aus irgendeinem Grund hatte ich nicht aufhören können. Hatte es uns der Sommer nicht gezeigt? Waren wir nicht Kompagnons, Verbündete? Hatten wir es nicht gut gehabt miteinander? Werner hatte sich in meinem schmalen Bett auf den Rücken gedreht und die Arme unterm Kopf verschränkt. Klammerwörter, Klammergedanken, sagte er. Alles war offen, alles war im Werden, alles war Experiment. Diese Worte schmerzten, meine Tränen liefen über seine Schulter auf mein Kopfkissen, bis das Inlettblau auf den weißen, nassen Bezug durchschlug. Er tröstete mich, zärtlich und großmütig. Bis ich wieder zu reden anfing, neue Hoffnungsvokabeln erfand: Allesteilen, Für-dich-dasein; ich wollte sein Bestes, was sollte aus ihm werden ohne mich? Beinah lachend hatte er mir jedes Bündnis für alle Zeit abgeschlagen, und wieder war ich ins Heulen geraten.

Woran sollte ich mich denn halten? Es müsse mir genügen, daß wir ein Boot zusammen kauften, war das nicht genug? Es genüge mir nicht, sagte ich und überließ mich einem neuen Verzweiflungsanfall. Ich wollte ihm nicht glauben, daß er sich besser kannte als ich ihn, es genügte mir nicht, daß er ehrlich war, seine Furcht vor Bindungen zugab und sich über eine Zukunft, die ihm sehr unklar war, nicht äußern wollte. Ich ging dann doch an jenem kalten Morgen mit ihm zusammen das Boot ansehen.

Von oben nahm sich das Boot noch weniger erfreulich aus. Das Cockpit stand voll Wasser, in dem verfaulte Blätter und Eisstückchen schwammen. Das komme häufig vor und sei überhaupt nicht schlimm, meinte die Malerin zu meinem erschreckten Blick. Bestätige dies nicht, daß das Fahrzeug wasserdicht sei, seine wichtigste Eigenschaft? Der Kompagnon fragte nach dem Preis. Die Summe, die die Malerin nannte, schien mir nach den künftigen Bedürfnissen von Mutter und Kind samt der benötigten Privatpflegerin berechnet, nicht aber nach dem Zustand des Bootes. Die Malerin kramte eine Blechbüchse aus einem Kajütschrank und ließ meinen Kompagnon schöpfen. Sie lachte. Sie könne uns verstehen, wenn wir es nicht kauften. Werner hockte neben ihr, schöpfte und schleuderte das faulig riechende Wasser über Bord. Er heiterte sich auf. Ihm lagen die melodramatischen Szenen nicht, die ich erzeugte und durchlitt, weil ich sie für nötige Schritte zur Wahrheit hielt. Er nahm ihren Ton auf. Sie witzelten. Ich sah ihnen zu. Das schwarzfleckige Holz, der rostige Kiel, der Geruch von Brackwasser machten mich traurig. Meine Lider waren geschwollen, die Augen schmerzten. Die Malerin war in die Kajüte hinabgekrochen – sie demonstrierte uns dabei, daß dank der Genialität des Konstrukteurs die Kajütentür bei hohem Seegang hermetisch verschließbar war – und wendete dort die schimmeligen Matratzen. Auch in der Kajüte stand natürlich Wasser. Es plätscherte, wenn wir uns zu sehr bewegten, in kleinen Wellen gegen die Bänke. An einem Haken hing eine Mütze. Keine weiße Seglermütze, sondern eine aus buntem Stoff mit Schirm, wie sie von Mitseglern und Dampferausflüglern getragen werden. Beim Schöpfen stieß die Malerin mit dem Kopf an das Mützchen. Sie hob den Blick, sah es überrascht an, nahm es vom Haken und schleuderte es aus der Kajüte. Es flog übers Heck und über das nächste Boot. Mit Neid sah ich diese Schleuderbewegung.

Wir schöpften eine Weile. Uns war klar, daß wir das Boot nicht kaufen konnten, und wir sagten es der Malerin.

Sie tat ein paar Wochen später einen Käufer auf, der den verlangten Preis zahlte; sie bekam ihr Kind und fand eine Pflegerin. Bei Ausstellungseröffnungen klagte sie laut über die Doppelbelastung der Frau.

Damals, an jenem Tag im Eiswind, ging sie mit beschwerlichem Schritt zurück über den Werftplatz, Werner neben ihr, beide, trotz des negativen Ausgangs, aufgekratzt, hatten plötzlich Lust auf ein Bier. Gleich hinter der Werft um die Ecke gebe es eine Kneipe, sagte die Malerin, man bekomme dort auch einen ausgezeichneten Sauerbraten mit Klößen.

Ich folgte ihnen, stumm, überzählig.

IV

Während ich am Schreibtisch sitze, rufe ich mir, statt mit dem Rotstift durch die Arbeiten der Studenten zu gehen, meine Bilder. Der Winter ist lang in Mailand, ein Gegenklischee, das alle landläufigen Vorstellungen glatt umdreht: Grau statt Farben; Regen statt Sonne; Schirme, Eile, Gummistiefel statt freundlicher Straßengemeinschaft. Landläufige Vorstellungen nicht nur in jenen Landstrichen, aus denen ich komme, sondern auch weiter südlich, in Alpennähe. Du wohnst in Italien, wie schön, sagt der junge Dichter, dem ich auf einer Reise begegne, und während er das sagt, ist er in Gedanken schon hinüber über die Berge und berührt einen Augenblick seinen warmen, sonnengetränkten Traum. Er hat helle Augen, wie Georg, den ich noch erfinden muß, und einen dahintreibenden Blick. Dunkelblondes Lockenhaar rahmt sein Gesicht, das noch für ein oder zwei Jahre ein Knabengesicht sein wird. Er trinkt sehr schnell. Er macht schöne Gedichte. Du wohnst in Italien? sagt er, wie schön. Ich möchte mir ein Haus in der Toskana kaufen.

Zu Haus, in ihrem dunklen Wohnzimmer, in das die hochgewachsenen Bäume keine Sonne mehr lassen, hat meine Mutter eine Kommode, schrankhoch, mit sechs tiefen Schubladen. Manchmal, wenn ich bei ihr bin, setzen wir uns davor, und sie zieht einen oder zwei Schübe heraus. Sie will mir etwas schenken von den Stoffen und Resten, die sie darin aufbewahrt, oder sie will mit mir zusammen nachsehen, ob sie selbst etwas gebrauchen kann. Du, davon könnte ich mir eine Bluse machen lassen. Oder sie will sie nur wieder einmal ansehen. Das wäre etwas für dich, sagt sie, diesen Stoff kaufte mir dein Vater während unserer ersten Reise. Das war zweiunddreißig, kurz vor unserer Heirat. Dein Vater schmückte mich gern. Ich war jung.

Ich zögere. Am Ende packen wir alle Stoffe wieder ein. Manche sind an den Bruchstellen nachgedunkelt, aber das sieht sie nicht. Der ist noch ganz neu, sagt sie, und legt einen nach dem anderen sorgfältig wieder zusammen.

Am Schreibtisch in Mailand, mit den endlosen Übungen der Studenten vor mir, im Fenster die gleichfarbigen Tageszeiten des Winters, kommen mir die Bilder, quellen wie die Stoffe meiner Mutter aus den Schubladen.

Die Bilder lassen, wie sie sind. Auch gelblich und ausgeblichen. Nichts kolorieren mit Trauer oder Bedeutung.

Und jede Fahrt kostet mich hundert Mark, sagte der Käptn, während er das Boot langsam auf den Steg zutreiben ließ. Wir machten fest, reichten die Kissen heraus, die Jacken, die Zigaretten. Hundert Mark, na wennschon. Für mich waren sie genau ein Fünftel meines ersten Gehalts, aber für ihn waren sie doch ein Klacks. Der Satz kam mir vor wie der kokette Sorgenseufzer eines alten Herrn. Und was hieß »kostet«? Das Boot lag am Steg, bei schönem Wetter segelte man eben los.

Das Boot lag am Steg, und so kannte ich es, die paar Sommermonate lang. Ein Teil seiner Existenz blieb mir unbekannt, so wie der Kiel, den ich nie gesehen hatte und der dem Boot seine erfreuliche Standfestigkeit gab. Nie sah ich das Boot beim Slippen oder im Boots-schuppen beim Überholen. Im Herbst verschwand es, die Männer von der Bootswerft holten es eines Tages ab, und wenn wir am Wochenende herauskamen, fan-den wir ein seltsam leeres Ufer mit den durchsichtigen Oktoberbäumen, dem gelben Schilf und einem unge-wohnten Glanz der Wasserfläche neben der Plattform. Der Mast fehlte, die Vertikale am Seerand, der schwan-kende Zeiger, der hinaufwies. Noch ein paar Wochen-enden kamen wir, das Morgenbad wurde kürzer, mein Vater verzichtete auf die Rasur im Freien vor dem an der Hauswand zwischen wildem Wein aufgehängten Spiegel. Schon am Morgen brannte das Kaminfeuer. Wir mieden den See und streiften, bevor wir endgültig winterflüchtig wurden, durch den Wald, während der Käptn in der Veranda saß, las und über den See sah. Der Herbst machte ihn traurig in den letzten Jahren.

Einmal war ich im Frühling anwesend, als das Boot wiederkam. Der Kutter »Ozeana« schleppte es aus der Nordbucht des Sees, wo die Werft lag. Weiß und mahagoniblank kam es heran, mit schäumender Bugwelle hinter dem breiten Kutter. Der Eigner der »Ozeana«, der auch Inhaber der Werft war, ließ den Drachen von seinen beiden Bootsmännern am Steg festmachen. Mit kurzen elastischen Schritten ging ihnen mein Vater bis zur Plattform entgegen. Der Werftbesitzer legte den Finger an die Schirmmütze. Tag, Herr Professor.

Mein Vater machte eine einladende Geste, und mit großer Selbstverständlichkeit setzte sich die Gruppe in Bewegung und kam über den Steg auf die Terrasse, wo auf dem Tisch unter der Birke schon der gekühlte Nordhäuser und Gläser bereitstanden. Es war eine Szene voll Würde, durch jahrelange Wiederholung zum gelockerten Zeremoniell gereift. Er schenkte ein.

Sie nicht, Herr Professor?

Nur nach Sonnenuntergang.

Die Männer hoben das Glas. Zum Wohl denn.

Er zündete sich eine »Orient« mit Korkmundstück an. Er trug Segelschuhe, ein kariertes Hemd und Kordhosen, aber unsichtbar glänzten auf ihm die Orden und Ehrenzeichen, die ihm in den letzten beiden Jahrzehnten (mehr aber im ersten) angeheftet worden waren. In der Stadt hatten sie an Wert verloren, und seine Titel galten weniger, seit er nur noch Ehrenämter hatte. Hier draußen war Ansehen dauerhafter.

Ich sah, wie so oft, auf seine Hand, die die Zigarette hielt, eine kräftige, dabei auch schöne Hand mit den braunen Altersflecken auf dem Handrücken, breiten

Fingern und Nägeln, zärtlichen Fingerkuppen, die gern über die Innenflächen anderer Hände, auch meiner, tasteten.

Der Werftbesitzer verabschiedete sich. Das Boot war überholt, wie immer. Die Rechnung werde er schicken, wie immer. Die Männer standen auf, dankend. Gleich darauf legte die »Ozeana« ab und tuckerte mit breiter Kielwelle davon.

Das Boot war wieder da, sein weißer Körper wiegte sich zwischen dem sprossenden Schilfgrün. Es war Frühling.

Jede Fahrt kostet mich hundert Mark, sagte er. Aber jetzt war es keine Koketterie, ich hatte ihn mißverstanden. Winterlager und Überholung, Versicherung und Transport, eine neue Persenning – das Boot kostete zuviel, er segelte zuwenig, zu selten wehte der Wind, den er liebte. Ein Interessent war aufgetaucht, der eine gute Summe geboten hatte. Er rechnete. Auch alle anderen Geldprobleme, die er hatte, würden sich damit lösen lassen.

Wie schade, Käptn, sagte ich erschrocken. Das Boot wird hier fehlen. Ich sagte hier und nicht mir. Wie wird das Ufer aussehen ohne deinen Drachen. Der Steg wird zu einer Lücke im Schilf führen.

Was war dieser Platz ohne den weißen Bootskörper und den Mast mit all den Linien von Stagen, Wanten, Pardunen. Das Boot war doch der Grund und Beginn aller Tage hier am See, wie konnte man darauf verzichten, wie konnte man es anderen überlassen. Es sollte sich nichts ändern, auch wenn er alt war.

Wenn ich das Geld in Raten zahlen könnte, würde ich es kaufen, sagte ich. Ohne Überlegung. Tollheit und Größenwahn vielleicht, wie beim Käptn. Aber auch Ahnungslosigkeit. Anhänglichkeit. Ich wollte das Boot nicht besitzen, ich wollte es nur nicht fortlassen.

Ich hatte nicht genug Geld, auch nicht für die erste Rate, aber ich hoffte auf meinen Kompagnon, der im Winter mit mir den Kajütkreuzer der Malerin besichtigt hatte. Werner war bereit: zu einer Bootsteilhaberschaft, sagte er. Ich ging umher und hob das Kinn. In meinem Bauch wuchs ein Kind. Das Leben war voll Sicherheiten. Warum sollten wir kein Boot zusammen kaufen? Ich dachte, es müsse meinen Vater freuen, wenn das Boot blieb. Ich glaube es noch immer. Den Preis setzte er nicht herab für uns. Riet er uns ab von dem Kauf? Ich erinnere mich nicht. Wohl nicht nachdrücklich. Und: Gab es den Interessenten mit der guten Summe bar in der Hand wirklich?

Ich fühlte mich stark. Ich hatte zwar das Geld noch nicht, aber ich würde es erarbeiten. Mit Werner zusammen unterschrieb ich den Vertrag. Wir brauchten ja nichts zu besichtigen, das Boot lag am Steg. Wir zahlten die erste Rate, wir segelten.

Mein Vater ging nicht mehr an Bord. Manche Tage hatte er Schmerzen und wartete auf den Sonnenuntergang. Manchmal kam er hinaus auf die Plattform und beobachtete unsere Ablegemanöver. Wir deckten das Boot ab, rollten die Persenning ein und machten die Segel klar. Wir besprachen, was jeder zu tun hatte, mein Kompagnon und ich. Wir setzten die Fock und stießen ab, hoffend, daß wir freies Gewässer gewinnen würden, um das Großsegel unbehindert setzen zu können. Den Fender vergaßen wir hereinzunehmen, aber das schadete nicht, es sah nur komisch aus. Das Boot kam ein Stück vom Ufer weg, wir versuchten es in den Wind zu drehen, aber es gehorchte nicht uns, sondern dem Wind. Wir begannen, das Großsegel hochzuziehen; es verhakte sich, zu früh vom Wind gefüllt, in der Saling, beängstigend schnell trieben wir aufs Ufer zu. Mein Vater schüttelte den Kopf. Er winkte uns Ratschläge zu, die wir mißverstanden.

Im Winter, nach der Kielkreuzerbesichtigung mit der Malerin, hatten wir uns – für jeden Fall – zu einem Kurs angemeldet, in welchem man die Berechtigung zum Führen eines Sportbootes auf Binnengewässern erwerben konnte. Wir hatten, wie zwanzig andere Anwärter, mit gesenktem Kopf mitgeschrieben, was ein Sportsfreund von der SG Friedrichshagen »Theorie« nannte und mit unbarmherziger Geschwindigkeit, denn er machte das ehrenamtlich und wollte früh nach Hause, diktierte: Vorschriften für den Einbau von Propangasflaschen in Sportboote, Vorschriften für das Anbringen von Benzinleitungen in Motorbooten, Vorschriften für die Bewegung im Schleppverband, Vorschriften für das Verhalten in Schleusen, das Signalisieren bei Tag und bei Nacht, Beplankungsarten, Bugformen, Heckformen, Kieltypen. Vom Segeln erfuhren wir kaum etwas, bis auf das »Mann-über-Bord-Manöver«, das ich nicht verstand. Manchmal unterbrach der Kursleiter sein Diktat und überließ sich der Beschreibung eigener Erlebnisse. So hörten wir von Stürmen, Mastbrüchen, Diebstählen, Bränden an Bord sowie von seinen Regattasiegen. Die Prüfung bestanden alle.

Wir versuchten das Blickfeld des Stegs zu verlassen. Andere Blicke erreichten uns. Auf dem Großsegel stand weithin sichtbar die Nummer: GO D9, der neunte Drachen, der in diesem Land gebaut worden war. Allen bekannt und erkennbar, segelte das Boot plötzlich mit unvorhersehbaren Manövern. Am meisten fürchteten wir die Rückkehr zum Ufer. Wir hatten keine Erfahrung mit der nicht bremsbaren Schubkraft des Kiels und dem hinterhältigen Wind, der von den Hügeln heruntersprang und über den Seerand wirbelte. Der Steg tanzte auf den Wellen, mal näher, mal ferner.

Als Werner bei einer ruckartigen Wende die Pfeife ins Wasser fiel, verlor er allen seemännischen Überblick und wollte hinterherspringen. Doch nicht jetzt! schrie ich. Bleib am Steuer! Eine Fall, die ich vergessen hatte festzulegen, baumelte mir entgegen und schlug mir ein Schekel auf den Mund, daß mir die Lippe schwoll und das Schimpfen verging. Das Boot erreichte schließlich von allein den Steg, wenn auch verkehrt herum.

So segelten wir. Ich frage mich, ob ich andere Momente vergessen habe. Wir hatten doch auch Tage, an denen das Boot über den See rauschte und unsere Haut heiß wurde. Warum finde ich diese Tage nicht in der Erinnerung? Es muß sie doch geben. Ich sehe uns bei Südwind, Wellen springen über den Bug, laufen über die Kajüte und klatschen ins Cockpit, das Boot krängt stark, und unter Werner, der als Mann den Steuermannsplatz eingenommen hat, bricht die Bank weg, als er sich in die Schoten legt. Da lasse ich ihm seinen Steuermannsplatz auch auf der Rückfahrt, stehend steuert er uns zurück, die Wellen kommen über die Bordwand und erreichen ihn alle, er ist naß, durch und durch, und wütend und schwört, daß er nie wieder segeln wird.

Ich sehe uns, wie wir auf den Steg zutreiben und das Gefühl haben, wir werden die Pfähle wegreißen oder das Boot zertrümmern. Dann hängt das Boot im Schilf, der Kiel steckt im Schlamm, und Werner, weil er der größere ist, zieht sich bis auf die Unterhosen aus und läßt die Beine hinab in den Modder und schiebt das Boot seewärts und flucht nur wegen der Nachbarn nicht, die von ihren Stegen aus zusehen. Von wo kommt der Wind? Ich lege den Kopf in den Nacken, blicke besorgt zum Stander hinauf, da rutscht mir die Sonnenbrille über den Hinterkopf, fällt aufs Deck, glitscht ins Wasser, mein Arm reicht nicht hin, ich kann zusehen, wie die Brille zum Grund trudelt.

Wir segelten schlecht, am schlechtesten, wenn wir Besuch an Bord hatten. Mein Vater gab uns Ratschläge, und wir befolgten sie nicht: nicht aus Hochmut, wir waren nur zu aufgeregt, um nachdenken zu können.

Der Wind kam von allen Seiten, das Boot drängte ihm luvgierig entgegen, die Ruderpinne summte im Gegendruck, klatschend schlugen die Segel herum, und der Großbaum hieb uns beinah die Köpfe weg. Angstreaktionen sind immer falsch. Wir fühlten seinen Blick durchs Zeiss-Fernglas auf uns gerichtet. Gut, daß er uns nicht hörte.

So segelten wir. Wir gerieten in Böen und Flauten; wir paddelten in glühender Sonne; wir verloren das Paddel; der Bootshaken schwamm davon; der Anker, in Schlingpflanzengrund geworfen, saß fest und ließ uns nicht mehr weg. Wir hatten keine Erfahrung und konnten es nicht zugeben. Mein Kompagnon glaubte, besser zu sein als ich. Ich glaubte, besser zu sein als mein Kompagnon. Wir verwechselten backbord und steuerbord, Pardunen und Wanten, wir kritisierten uns scharf und lernten nichts dazu, wir machten einander Vorwürfe und ließen nichts auf uns sitzen, wir gaben uns gegenseitig Kommandos und wiesen sie als undurchführbar zurück. Bis wir es satt hatten und uns trennten.

Wenn ich zwischen Übersetzungen und Unterrichtsvorbereitungen den Kopf hebe und aus dem Fenster schaue, um mir den fernen Kiefernwald und das Boot vorzustellen, ist der Himmel grau, als stände er still seit Wochen. Schon ist März, nach Tagen mit einem hohen Lichthimmel hat es wieder angefangen zu regnen. Die Stadt ist böse, die Leute sind böse, sie können sich selbst und die anderen nicht mehr ertragen. Ich denke nach Norden. Der Schnee ist weggetaut, der Wald ist nackt, kein Untergehölz verdeckt mit seinem Laub die Matratzen, die Wannen, die Scherben, die verbogenen Räder, die die Haus- und Gartenbesitzer ihm anvertraut haben. Es ist ein trostloser und häßlicher Wald, der Mißachtung und Übervölkerung verrät. Das Boot steht darin wie ein krepiertes Ungeheuer, hergeschleppt zum Ausweiden, aufgebahrt auf Eisenträgern und rostigen Lorenrädern. Jener in Plastehüllen gewickelte Gegenstand wäre der ehemalige Käptn-Drachen? Ich könnte mir eine Liste machen von dem, was ich erneuert, ausgewechselt, repariert und immer wieder lackiert habe, dann würde ich vielleicht begreifen, was mit ihm geschehen ist. Oder eine Rechnung aufstellen: Ausgaben, Werterhaltung, Amortisation. Es würde nichts dabei herauskommen. Der Drachen ist nicht mehr derselbe, ich weiß es. Was mich interessiert, was ich herausfinden möchte, ist nicht der Austausch von Material. Ein anderer, weniger greifbarer Stoff ist in der alten Form enthalten. Etwas, was ich über Jahre hin gesammelt habe, ohne daß ich es wußte. Etwas von jenen Jahren selbst. Das Boot ist angefüllt mit diesem Stoff, dessen Zusammensetzung ich noch nicht kenne.

Ein anderes Bild drängt sich vor, ein Winterbild.

Es war ein kalter, weißer Februar. Die gealterten Genossen der stürmischen Jahre trugen Persianermützen, die Frauen schwere Pelze. Ein großer Zug bewegte sich aus der Friedhofskapelle hin zu dem einzigen schwarzen Fleck in dem weiten Weiß. Am Ende, abgesondert, ging der Nachbar vom See, der Eigner der »Rohrdommel«. Er blieb an dem offenen Grab stehen, reglos, nachdem er mit sehr langsamer Bewegung drei Handvoll Erde hatte hinabfallen lassen. Auch er, der ein richtiger Doktor war, hatte ihn »Professor« genannt, aber es hatte wie ein Spitzname geklungen: wie sich alte Männer anreden, liebevoll und ironisch. Ich sah, selbst hilflos, wie er dastand, das Gesicht im weißen Bart versteckt, und sich nicht wegrührte.

Mich schmerzte seine Abwesenheit. Das Flüchtige unserer Bekanntschaft. Und ein undeutliches Gefühl: als hätte er in den letzten Jahren schon um sich selbst getrauert.

Er war kein vorsorgender Vater. Von seinem irdischen Besitz blieb uns Töchtern ein Pflichtteil, das, wie sich zu unserer Überraschung herausstellte, haargenau der Summe der beiden noch zu zahlenden Raten für den Drachen entsprach. Es war ganz einfach: ich mußte eine Rate an mich, die andere an meine Schwester zahlen. Vor der Klarheit dieser Rechnung erschrak ich. Den Vertrag hatte ich zusammen mit Werner geschlossen; der aber war ausgestiegen, hatte gekündigt, forderte seinen Anteil zurück. Ich war allein. Von der Werft kam die Rechnung für Slippen, Winterlager und Frühjahrsüberholung: zwei Monatsgehälter.

Der Werftbesitzer stand in seinem Schuppen in der Eichenbucht und bearbeitete ein Boot mit Sandpapier. Er hatte keine Eile, die Arbeit machte ihm Spaß, und ab und zu strich er mit der Hand über das vom Reiben warm und samtig gewordene Holz. Ich fragte, ob es den Interessenten, von dem der Käptn gesprochen hätte, noch gebe. Der Werftmann wandte mir sein Frischluftgesicht zu. Möglich, sagte er und lachte. Möglich, daß es ihn noch gibt. Aber denken Sie nicht, daß Sie noch viel kriegen für das Boot. Ist keine Regattaklasse mehr. Wird Ihnen der Professor doch gesagt haben. Der Werftmann hob die Brauenbüsche. Seine Augen blitzten vergnügt. Das Boot ist höchstens noch die Hälfte wert. Und da ich stumm blieb, wiederholte er: Das Boot ist keine Regattaklasse mehr, verstehn Sie? Und wenn Sie einen Rat wollen: verkaufen Sies, stoßen Sies ab. Sie haben bloß Ärger damit.

Ich bat ihn, nach dem Interessenten zu forschen. Der Werftmann nickte mir fröhlich zu. Übrigens, haben Sie meine Rechnung bekommen? sagte er und begann wieder zu reiben.

Die Hälfte wert. Zwei Drittel, ein Drittel. Die Hälfte eines Drittels, abzüglich der zu bezahlenden Rechnungen. Wann war die Versicherung fällig? Die Hälfte des Drittels der Hälfte. Ich rechnete. Früh am Morgen, noch vor dem ganz kleinen Kind, wachte ich auf. Es gab verschiedne Rechenwege. Alle führten zu Null und darunter. Der Letzte zahlt die Zeche. Der Längste trägt die Last. Jammern füllt keine Kammern. Lade nicht alles in ein Schiff. Den guten Seemann zeigt das schlechte Wetter ... Mein Vater war kein Vorsorger. Ich hatte nichts von ihm erwartet, nichts im Guten, aber auch nichts im Bösen. Hatte er das gewußt mit der Regattaklasse? Hatte er mich hereingelegt? Wer sich verläßt aufs Erben, mag als ein Narr versterben. Und der größte Narr ist, wer erbt und zahlen muß.

Der Werftmann hatte die Interessenten aufgetan, und ich traf sie an einem kalten Apriltag bei der Werft. Drei junge, athletische Männer stiegen aus einem Shiguli und ließen die Türen knallen. Sie rissen die Klappe zum Kofferraum auf, zogen drei Overalls heraus, stiegen hinein, griffen jeder nach einer Stablampe. Einem bewaffneten Trupp ähnlich, setzten sie sich in Bewegung, Richtung Bootsschuppen. Schon hatten sie eine Leiter ergriffen, waren im Boot, von draußen hörte ich den dumpfen Ton, mit dem die Planken ihrem Geklopfe antworteten. Planke für Planke wurde befragt. Ich ging unter dem Boot auf und ab, ratlos, wie sich der Verkäufer in einem solchen Fall zu benehmen hat, aber auch gekränkt über soviel Mißtrauen bei *diesem* Boot. Endlich tauchten die Overalls wieder auf, staubig, trockenes Laub hing ihnen an. Ich entschuldigte mich, Hausfrauenton: Ich bin noch nicht dazu gekommen, sauberzumachen. Auch falsch. Sie wollten den Preis wissen. Ich nannte ihn. Ich war schon heruntergegangen, aber nicht auf die Hälfte. Zu hoch, sagten die drei Blaubehosten, der Drachen ist schließlich keine Regattaklasse mehr.

Warum stand ich da herum und sah zu, wie das Boot beschnüffelt und beklopft wurde, als wäre es kurz vor dem Abwracken, dieses Klasseboot, dieser Luxuskahn, dieses Größenwahnschiff? Die steckten alle unter einer Decke, wollten mir das Boot miesmachen und aus dem

Kreuz leiern. Mir war ganz egal, was der Werftmann von mir dachte, der im Hintergrund des Bootsschuppens hantierte und zwischen aufgebockten Jollen hindurch blitzend herüberäugte. Keine Mark weniger!

Die Herren, nun wieder ohne Overalls, verstauten die Stablampen, schüttelten mir im kalten Wind die Hand, wollten sich, nach Bedenkzeit, wieder melden. Damit verschwanden sie für immer.

Ich stand noch eine Weile und sah ihnen nach.

V

Jemand gerät in einen Verlauf und läuft mit; jemand findet sich in einem Vorgang und geht; jemand hält seinen Part, hält sich. Das übliche Motiv, der übliche Sinn. Wir sehen schon, worauf es hinausläuft. Keine besondere Geschichte, weder eigentümlich noch mir eigen.

Vielleicht erzähle ich sie mir darum.

Im Frühjahr fand in Köpenick die *Gebrauchtbootmesse* statt. Das Frühjahr war fortgeschritten, denn das Wichtigste an dieser Schau auf dem grün-öligen Spreearm zwischen Dammbrücke und Insel war schönes Wetter. Und auch schon vorher war Wärme nötig, damit der Lack trocknen konnte, der die übermäßige Abnutzung der angebotenen Objekte optisch mildern sollte. Ich schlenderte am Wasser entlang und betrachtete die Parade von deklassierten Kähnen, die einander durch ihr Veteranentum ähnlich waren und nur von Bootslack und Kupferfarbe zusammengehalten wurden, von Auf- und Umbauten über und unter der Wasserlinie, moralisch gestärkt von großartigen Namen mythologischer Herkunft und unterschieden von anderen Booten durch ihren besonderen Reichtum an weißen Volants an allen Luken – eine Ansammlung von Fahrzeugen, die aussahen, als wollten sie sich demnächst selbst mit Wasser füllen und freiwillig versenken. Ich begriff, daß der Name *Gebrauchtbootmesse* aus dem Bezirkswörterbuch der Verschönerungswörter stammte: in Wirklichkeit war es eine Attraktion, volkstümlich, wie Feuerschlucker oder Schießbuden, jenen Bürgern zugedacht, die am Wochenende nicht aufs Grundstück fuhren. Und tatsächlich kam Musik von den folkloristischen Bierbaracken unter den Bäumen, begleitet vom beharrlichen Geruch nach gebratener Bockwurst. Die Wege entlang schlenderten eisleckende Teens, die dem familiären Wochenende entkommen waren, und junge Paare, wenig älter, das Kleinkind in der Mitte. Alle in Sonntagskleidung: Jeans. Und viele alte Frauen, manche mit Hund, manche führten nur ein Handtäschchen. Ich besichtigte ein Hausboot, einen giftgrün gestrichenen Eisenkahn, ein unhandliches Paddelboot. Ich kam an dem Baum vorbei, an den ich eine Karte geheftet hatte: Verkaufe Drachen ... Meßbrief vorhanden. Natürlich meldete sich niemand.

Der Werftmann hatte es schon gesagt, der einzige Platz, wo ich das Boot verkaufen konnte, war der *Hauptstädtische Markt*. Die letzte Hoffnung. Nur fürchtete ich alles, was damit zusammenhing, die Masse von Käufern und Verkäufern, das deprimierende Durcheinander von Feilbietern und Feilschern mit ihren unterm Ladentisch hervorgezogenen Wenn und Aber, mit ihrer erpresserischen Korrektheit und ihrer unverständlichen, von ständigem Augenzwinkern begleiteten Sprache. Basar, dachte ich verächtlich. Ich fand mich und das Boot deklassiert, wenn es dort zur Schau gestellt wurde. Aber eigentlich war meine Verachtung, ich wußte es, nichts als Feigheit. Wie sollte ich denn da auftreten, und was sollte ich fordern, und welchen Tonfall mußte man benutzen? Wodurch konnte man sich von den anderen unterscheiden und zu verstehen geben, daß man Besseres bot? Marktgeschrei, Basar, dachte ich hochmütig und ängstlich.

Ich sah mich um auf dem Markt. Beängstigender Wirrwarr. Drängelei. In einer Ecke wurde Vieh gehandelt, in der anderen Häuser und Grundstücke. Daneben Berge von antiken Möbeln, Chippendale von 1900, Schafspelze, Kinderwagen, Damenkleidung, Lautsprecheranlagen, Bohrmaschinen, Münzen. Umständehalber! betonten die Bieter, und ich überlegte, ob ich, wenn ich mein Angebot machte, auch Umstände ins Feld führen sollte. Konnte ich meine Lage als Umstände bezeichnen? Doch eher als Schicksal.

Neuwertig! tönte es aus anderer Richtung. Wieviel Neuwertiges es gab. Warum sich die Leute wohl von den neuwertigen Dingen am dringlichsten zu trennen wünschten; Altes schien niemand loswerden zu wollen. Die Möbel waren neu, die Eheringe ungetragen, die Motoren generalüberholt; was abgenutzt war und kaputt, behielt man. Biete altes Boot, mußte ich sagen, das klang nach Kniefall und Ausverkauf. Neu war es nicht und auch nicht neuwertig, und welchen Wert konnten für andere Staatspreisträgerglanz und Käptnwürde haben, die doch nur in meiner Erinnerung existierten.

Import! klang es lockend, Import! Hunderte von Kleinimporteuren mischten sich in die Menge und boten in schmeichlerischem Ton Autokindersitze, Hosen, Kaffeemaschinen. Sie verrieten nicht, auf welchen Wegen sie ihre Einfuhrgeschäfte betrieben, traten aber mit großer Sicherheit auf, ja geradezu unverschämt, was die Preise betraf. Niemand, konstatierte ich, offerierte Waren mit der lobenden Beifügung »hier hergestellt«. »Import« sollte also sagen: Besseres, Allerbestes, Nichtzuhabendes. Und widersprach allen Lobesworten, die täglich aus dazu berufenen Mündern strömten und die Qualität landeseigener Arbeit rühmten. Je länger ich mich umsah, desto merkwürdiger wurde mir. War das denn erlaubt? Diese Massenkrämerei, dieses Gerangel, obszöne Schreie wie »nur für Liebhaber!«, das verstieß gegen irgend etwas, vielleicht gegen höhere Prinzipien oder geheiligte Regeln, an die alle sich zu halten vorgaben. Ich fühlte es unklar, denn ich sah, daß der Handel blühte und die Geschäftigen Geschäfte machten, aber jetzt erst sah ich das Beste, denn ich war auf dem Mittelpunkt des großen Marktes angekommen. Alles gegen alles und ein X für ein U; Tausch, einfacher Warenverkehr, die Vielfalt des Lebens in nie zuvor erprobten Verwicklungen: Brillanten gegen Zentralheizungskörper, gegen Ferienplatz, gegen Kanarienvogel, gegen ...

Suche: das war die Beichte, da legten sie die Karten auf den Tisch und ihr Herz daneben, und gegenüber saß Mephisto und sagte *Biete* mit lockender Stimme und zog aus den Taschen, was sich der rechtgläubige Einzelhandel nur in Angstträumen vorstellen konnte. Und der eine wie der andere berief sich auf seinen Glauben an eine höhere Gerechtigkeit: *Wertausgleich möglich.*

Ich sah zu und wußte, daß mein Gegenstand sich kaum koppeln oder in einen Ring einschalten ließ. Und während den anderen alles austauschbar war, empfand ich meine Situation als tragisch einseitig und beschränkt, mich selbst, mehr denn je, als unheilbar handelsuntüchtig.

Wo die Wassersportler unter sich blieben, war das Angebot groß, die Nachfrage gering. Geboten wurde am häufigsten *viel Zubehör*, worunter ich mir alles mögliche vorstellte, Matratzen, Petroleumlampen, Schwimmringe, alte Schuhe: Schiffsladungen von Zubehör, bei denen das Boot die Beigabe war. Potentielle Käufer hingegen suchten nicht sosehr Boote als vielmehr Sommer- und Winterstände, Anlegeplätze, Bootsschuppen und nahmen als einziges Zubehör ein Boot in Kauf. Geheimnisvoller Handel, bei dem man nicht bot, was man verkaufen wollte, und nicht nach dem fragte, was man suchte, immerhin ein Handel in Wassernähe, so daß man auf Verständigung vielleicht hoffen konnte, wenn auch nicht auf sofortige. Da also sollte ich mich einreihen und mit diesem Scharlatanton und diesen Tricks das Käptnboot zum Kauf anbieten ... Den Käptn ver-

kaufen, die Erinnerung an seine Hand auf der Ruderpinne, an den Rauch seiner »Orient« bei Achterwind –
und in diesem Bedauern verflüchtigte sich der Verdacht,
daß er mich betrogen und hereingelegt hatte.

Im Grunde genommen suche ich einen Verrückten,
dachte ich. Einen muß es doch geben in diesem Land,
einen, der dem Käptn ähnelt, toll, aber zahlungsfähig,
oder größenwahnsinnig und gutgläubig wie ich. Er muß
ein unpraktisches Kielboot einer praktischen Jolle vor-
ziehen, er muß also gleichzeitig einen starken Bootswagen und Schönheitssinn besitzen, das Problem liegt
hier.

Unwillkürlich glitt mein Blick über die Abteilung, wo
Leute nichts boten außer sich selbst oder Wesen suchten, die ihnen ähnelten. Sie unterschieden sich voneinander in den zentimetergenau angegebenen Größen
und in den Jahren, sonst aber hatten sie viel gemein-
sam. Sie liebten Kunst, Theater, Reisen; sie waren geschieden oder hatten eine schwere Enttäuschung hinter
sich, was wie eine kräftigende Kinderkrankheit erschien. Ich vermutete einen Zusammenhang zwischen
den nebenan gebotenen goldenen Eheringen und den
zahlreichen Enttäuschten. Viele besaßen dazu eine mar-
xistisch-leninistische Weltanschauung, manche Sinn für
alles Schöne, andere beides. So waren sie; so boten sie
sich. Aber wie bei den anderen Abteilungen des Großen *Marktes* bemerkte ich auch in diesem Handel eine
Sprache aus Andeutungen, aus unausgesprochenen
Bedingungen und zwischen den Zähnen gehaltenen

Wenns. Auch hier wurde mit Zubehör gehandelt. Wenn es geboten wurde, klang es: lieber Vati gesucht; wenn es nicht erwünscht war, tönte es: ohne Anhang. Vom Wertausgleich wurde nicht gesprochen, aber je länger ich mich umsah, desto augenfälliger wurde, daß es eigentlich darum ging. Ich habe Haus und Garten, sagte der eine, wer Sinn für alles Schöne hat, sollte ihn in Ordnung halten können. Ich habe eine Neubauwohnung, sagte eine andere, wer mit rein will, müßte ein Auto haben, sonst erreichen wir nicht das, was man niveauvolle Freizeitgestaltung nennt. Ein jähes und zähes Ziehen und Zerren, ein Schieben und Sieben. Ich weigere mich, dachte ich, bei diesem Spiel mitzumachen oder in all dem ein Sinnbild für irgend etwas zu erkennen.

Ich ging wieder zu den Booten. Ich hatte schon etwas begriffen. Ein erstes Licht war mir aufgegangen. Was ich hatte haben wollen für das Boot, war eine Phantasiesumme, die nicht dem Marktwert des Bootes, sondern meiner Meinung von ihm entsprach. Einen Staatspreisträgerdrachen, ein Professorenboot hatte ich verkaufen wollen, aber niemand interessierte sich für die Vergangenheit. Das Boot war nichts weiter als ein alter Kielkreuzer, kein Klasseboot mehr und aus einem Stoff, den man nur mit verächtlichem Ton nannte: Holz. Der Glanz hatte sich verflüchtigt, wer Geld ausgeben wollte, erwarb sich ein neues Kajütboot, plastebeschichtet mindestens, mit Nylonsegel und Spinnaker. Ich ahnte schon die Blicke der Erben und Teilhaber. Ahnungslos war ich und begann zu ahnen.

Zum *Großen Markt*, der, was wir längst wissen, schwarz auf weiß, nämlich auf den holzigen Seiten der *Städtischen Zeitung* und damit glücklicherweise geräuschlos stattfand, erhielten Handelslustige Zugang durch die Vermittlung dreier Damen. Sie waren im Zentrum tätig, dort, wo einst der Vergnügungsnabel der Stadt gewesen war und wo nun eine Baracke stand, die den verschönernden Namen Pavillon trug. Dorthin ging ich, nach meinen Marktstudien bereichert, wie ich glaubte, um Wissen über das wirkliche Leben.

Ich stellte mich in die Reihe der Wartenden. Zwei Mädchen hinter einer Barriere waren in einen zähen Arbeitsvorgang verwickelt. Sie nahmen, was die Kunden handschriftlich in ein vorgedrucktes Formular eingetragen hatten, entgegen und tippten es unendlich langsam und mit harten Schlägen in ein anderes Formular, wobei sie sich hin und wieder unterbrachen und Fragen, Inhalt und Formulierungen betreffend, an ihre Kunden richteten, die sich, wie um einen intimeren Kontakt herzustellen, weit über die Schranke vorbeugten und den Blick auf das eingespannte Blatt hefteten. Die beiden Pavillon-Damen beherrschten die besondere Sprache, die auf diesem Markt benutzt wurde, und verwandelten die ihnen überlassenen Wörter in ein Gemisch aus Buchstaben und Punkten; Ergüsse stampften und preßten sie – im Interesse der Zahlenden – zu einem unaussprechlichen, aber (wie sie versicherten) verständlichen Kürzelwelsch. Erst am Ende vertraten sie auch das Interesse des gedruckten Organs und höherer Autoritäten, wenn sie in den Personalausweis sehen wollten und seine Nummer festhielten. Zwischendurch standen sie immer wieder auf und gaben einsilbige Antworten am Telefon oder übergaben Briefpäckchen an »Abholer«. Die größere der beiden Damen schob sich schwer und muskelfest in ihren Jeans zwischen Telefon und Schreibmaschine hin und her. Die andere war klein, eine Üppig-Zierliche, wie mit Vorbedacht als Komplementärtyp gewählt. Ein drittes weibliches Wesen, in mittleren Jahren, ungeschminkt, mit kurzem Kraushaar, beteiligte sich in sichtbar untergeordneter Position, riß Schränke auf, zog Ordner heraus und stieß sie wieder hinein, schleppte Stöße von Formularen heran, die sie an ihre geblümte Kittelschürze preßte, und erzeugte mit ihrer Geschäftigkeit in den Wartenden die Gewißheit, daß alles seine Zeit dauerte. Unter ihnen, die ihre ausgefüllten Vordrucke wie Geständnisse zusammengefaltet an die Brust preßten, entstand nachbarliche Stimmung. Jemand bat mich um meinen Kugelschreiber und reichte ihn dann mit meiner Erlaubnis weiter. Für Korrekturen war noch Zeit. Schreibe ich Preis oder Verhandlungsgrundlage?

Drei Wochen, sagte die Zierliche mit hypnotisierend-beruhigendem Blick.

Drei Wochen? Das bedeutet Mai, und bis jemand antwortete, vergehen noch mal ...

Wassersport, sagte das Mädchen milde und senkte die grünen Lider, ist nur einmal die Woche dran. Da sind Sie mit drei Wochen noch gut bedient, es können auch vier werden.

In vier Wochen war das Frühjahr vorbei. In vier Wochen lagen alle Boote im Wasser. In vier Wochen kaufte kein Mensch mehr ein Boot. Man kauft kein Boot, das im Wasser liegt. Nur ich hatte ein Boot gekauft im Wasser. Und jetzt stand es mir bis zum Hals. Frühsommer. Zwei Drittel, die Hälfte. Acht Mille wollte ich haben, hatte ich geschrieben, das zahlte keiner, aber ich mußte den Markt mit Würde betreten.

Der Werftmann schrieb. Er schrieb mit vielen Unterstreichungen. Das Winterlager sollte doch bitte *baldigst* beglichen werden. Sowie die alljährliche Überholung. Er bitte um Mitteilung, ob das Boot, *wie bisher*, von der Werft zum Anlegeplatz geschleppt werden solle. Er machte auch darauf aufmerksam, daß er *wie immer* das Setzen des Mastes *extra* berechnete.

Der Größenwahn schlug zurück. Ich wachte morgens sehr früh auf und prüfte meine Lage. Wissenschaftliche Mitarbeiterin, mittlere Angestellte, also mit einem Gehalt, das nicht viel höher war als das einer Sekretärin. Alleinstehend, ein Kind. Die Pflegemutter kostete nicht allzuviel, die Wohnung kostete nicht viel, das Essen kostete nicht viel, und damit war das Gehalt weg. Steuern, Sozialversicherung, FDGB, DSF, Vietnamspende, Solidaritätsbeitrag gingen vorher ab. Ich hatte einen Kinderwagen geschenkt bekommen, das war ein Glück, so konnte ich die Bootsversicherung bezahlen; einmal wöchentlich karrte ich das Kind auf quietschenden Rädern zur Mütterberatung, wo ich meine Ausstattung, alles geerbt, mit den Prachtsachen der anderen Babys vergleichen konnte. Man sieht's dir an, Kind, dachte ich, deine Mutter hat ein Boot.

Die Malerin fiel mir ein, die Rothaarige, die Streitbare. Der kalte Wintermorgen damals. Wie die geächzt hatte über ihren noch gar nicht so dicken Bauch. Welch prinzipieller Groll! Wie die ihre Beschwernisse ausgemalt hatte. Ihren Kahn hatte sie rechtzeitig an den Mann gebracht, natürlich an einen Mann. Die hatte recht gehabt, allen diesen Kindermachern, Kompagnons, Käptntypen mußte man Kielkreuzer andrehen. Die war eine Strategin, eine Kriegerin, und ihr großes, von der *Städtischen Zeitung* auf den vorderen Seiten – denen, die ich nicht mehr las, seit ich Marktstudien trieb – lobend rezensiertes Wandgemälde »Die Geschichte der Befreiung der Frau« war nur die notwendige Folge dieser Entwicklung, ohne den Verkauf des Bootes wäre sie wahrscheinlich immer noch bei ihren Miniaturen. Weg mit dem Ramsch: das war der entscheidende Schritt gewesen. Ach, mein Männervertrauen, mein Schwangerenoptimismus, meine Sentimentalitäten.

Nach Dienstschluß machte ich Übersetzungen. Morgens hatte ich dicke Augenlider. Wenn ich bis zum Sommer jeden Abend zwei Seiten übersetzte – was ich nicht schaffen würde –, könnte ich die Winterkosten bezahlen, aber dann mußte ich schon wieder anfangen zu arbeiten, denn im Oktober waren Abschleppen, Mastlegen, Aufslippen fällig. Erst jetzt bemerkte ich, daß der Drachen nur vier Monate im Jahr ein Boot war: von Juni bis September; die übrige Zeit war er ein fressendes, nutzloses Ungeheuer, ein Drache, der immer neue Schlünde aufriß und den ich mit übersetzten Seiten fütterte, so schnell ich konnte; ich schuftete und blieb verschuldet, und der Drache schrie nach Futter und lachte höhnisch duhastessogewollt!

Ich muß ihn verkaufen, ich werde ihn verkaufen.

Ja, es ist Post da für Sie, antwortete die feste Stimme der Athletin vom »Pavillon«. Ich fuhr sofort los. Es konnte eine Zuschrift sein, es konnten drei sein, die Pavillon-Damen sagten immer nur »es ist Post da«, schicksalhaft, gerecht und gleichgültig. Meine Post war ein Bündel, ein richtiger kleiner Stoß, soviel hatte ich nie erwartet, und ich faßte nach dem Häufchen, umklammerte es ungläubig und ging wie abwesend an der Reihe von Kunden vorbei, die mit Warten beschäftigt waren. Draußen schien eine heiße, fröhliche Sonne. Mai. Die Bäume waren zartgrün, Tulpen und Stiefmütterchen blühten in quadratischen Citypflanzungen, an denen ich vorbeistolperte, meine Post fest in der Hand, ins Espresso hinein, wo gelangweilte Zentrumsmenschen versuchten, exzentrisch auszusehen. Ich sah niemanden an, steuerte auf einen freien Tisch zu, legte Handtasche und Briefe in die Kaffee- und Limonadenflecken, setzte mich und versuchte das Lächeln zu bremsen, das aus mir rausquoll. Zwei, drei, fünf, ein Telegramm. Ich lächelte die Kellnerin an und bestellte Kaffee und Nußtorte. Dann riß ich das Telegramm auf. Erbitte Ihren Anruf 646588 Heinz Schmiedner.

Erbitte Ihren Anruf. Herr Heinz Schmiedner wollte als erster da sein. Sieh an. Ein Wettlauf um das Boot, wer hätte das gedacht. Der Werftmann mit seinen Stricknadelaugen (nischt wie weg damit, junge Frau). Erbitte Ihren Anruf. Sehr geehrter Inserent! Bin stark an dem Boot interessiert und bitte um Mitteilung, wann und wo ich es besichtigen kann. Stark interessiert. Ich stach ein Stückchen Nußtorte ab. Stark interessiert, wer hätte das gedacht. Ich lächelte und hob die Kaffeetasse, um diesen endlosen Lippenkrampf zu verdecken. Ein Türke, der einen Tisch weiter saß und seinen Mindestumtausch konsumierte, lächelte hoffnungsvoll zurück über seinem gelben Pullover. Wann und wo ich es besichtigen kann. Sehr geehrter Herr Hähnel, Ihre Zuschrift habe ich erhalten. Da es aber mehrere Interessenten für das Boot gibt, die bereit sind, einen höheren Preis zu zahlen ... Ich zündete mir eine Zigarette an und blies den Rauch auf den nächsten Brief. Sehr geehrter Inserent, soeben lese ich Ihre Annonce. Ich bin in früheren Jahren bereits mit Kielbooten gesegelt, sowohl auf Binnengewässern als auch auf der Ostsee, und habe auch Erfahrung mit Drachen. Ich wäre an dem Boot außerordentlich interessiert. Für Ihre baldige freundliche Antwort danke ich Ihnen im voraus, zu einer Besichtigung wäre ich jederzeit verfügbar. Ihr ... Sehr geehrter Herr Kreisler, Ihre Zuschrift habe ich erhalten, leider kam sie zu spät, das Boot ist bereits ver...

Ich hatte dieses Café nie besonders gemocht. Als es neu war, sah es aus wie ausgeschnitten aus einem amerikanischen Luxusdampfer, es gab Westzigaretten, und die Kellnerinnen sagten Dschus statt Saft. Dann war es schnell wie alle solche Lokale auf Bahnhofsniveau abgerutscht. Nur der Barmann unterschied sich von dem übrigen Personal, aus unerfindlichen Gründen war er von der ersten Mannschaft zurückgeblieben, während die anderen in die neuen Etablissements abgewandert waren, die sich nun ihrerseits eine Zeitlang als Sonder- oder Inter- klassifizieren durften. An diesem Tag betrachtete ich das Café mit Duldsamkeit, mit einer Art menschlichem Verständnis. Es ging so schnell, daß man herunterkam.

Ich sah meinem Zigarettenrauch nach und schrieb – lächelnd – eine Postanweisung an den Werftmann. Mit großzügig-geschwungener Schrift schrieb ich danach eine für den Kompagnon, obwohl er sich auch an den Kosten hätte beteiligen müssen. Schwamm darüber. Den Rest breitete ich freimütig vor der Miterbin aus: jetzt laß uns reinen Tisch machen, hier ist der ganze Reibach. Endlich klärte sich alles, alle die finsteren Gesichter um mich klärten sich auf und wurden freundlich. Haben Sie gehört, wurde rings um den See erzählt, wie günstig die den Drachen verkauft haben soll? Ich werde das Boot dem geben, der am weitesten weg ist, dachte ich; ich will es nicht mehr vor Augen haben, so weit weg wie möglich soll es.

Der nächste Brief war auf kariertem Papier geschrieben. Werter Inserent! Bitte um Mitteilung, ob es sich wirklich um einen Drachen handelt, was bei dem Preis von 800 Mark wohl kaum möglich ist. Wäre in diesem Fall sehr interessiert, auch wenn größere Reparaturarbeiten anfallen sollten. Zuschrift an W. Zöllner.

Ich stand auf. Raffte Papiere. Zahlte. An den Blumen vorbei, über die Straße, zum Pavillon. Aus einem prallen Ordner wurde das Inserat hervorgeblättert. Selbstverständlich leistete die *Städtische Zeitung* bei Druckfehlern Ersatz. Die korrekte Anzeige würde schnellstens erscheinen, in zwei bis drei Wochen.

VI

Komme ich auch vor in dieser Geschichte vom Boot?
fragt Hanns.

Natürlich, du warst doch dabei.

Er sieht mich gespannt an. Wir schlendern durch
den Park im Stadtzentrum und treiben gelangweilt den
Fußball vor uns her. Alles ist plötzlich grün. Die alten
Kastanien und Platanen, der zertretene Rasen, die Büsche zwischen den künstlichen Felsen, alles ist eine
grüne Explosion, der Frühling ist gewaltsam gekommen, gewaltsam und unharmonisch, wie alles in dieser
Stadt. Unterm Arm habe ich die beiden täglichen Zeitungen, und nachher, wenn Hanns auf dem Rasen in einer schreienden Fußballmannschaft den Torwartposten
übernimmt, werde ich mich wieder dem Ansturm der
Nachrichten aussetzen, den ich noch nicht zu ertragen
gewohnt bin. Auch die Nähe macht die Schrecknisse
nicht verständlicher, vergrößert sie nur ins Beängsti-
gend-Verschwimmende. Nah, ganz nah: dort drüben an
der Metrostation wurde ein Brief des entführten Partei-
vorsitzenden gefunden, sein Foto mit dem todergebenen,
schief lächelnden Gesicht. Und in einem der Korridore

der Universität, durch die ich zu meinen Stunden gehe, brach ein Mann zusammen, Professor für Kriminologie und Richter in Terroristenprozessen, und auf dem weißen Steinfußboden breitete sich sekundenschnell eine riesige Blutlache aus, während die Mörder in einer Rauchwolke davonrannten. Die Nähe erhellt nichts: das rote Blut auf dem weißen Stein. Nützt es, Artikel auszuschneiden, Bilder aufzuheben, Sätze abzuschreiben oder ganze Seiten?

Wir treiben den Ball durch die Alleen, deren Fin-de-siecle-Pomp vergangen ist. Den alten Kastanien sind die Kronen brutal gestutzt worden. Das stärkt die Wurzeln, sagen die Leute. Wir glauben das nicht.

Wenn wir erst dort sind, sagt Hanns. Dort werde ich den ganzen Tag im Wald sein, in der Höhle, oder auf dem Fahrrad. Dort mußt du nicht immer dabeisein wie hier.

Er denkt dorthin, wie ich.

Im Sommer, sage ich, im Sommer. Jetzt ist der Wald dort noch kahl und kalt. Und das Seeufer hat keine Schilfwand, nur die gelben Halme vom vorigen Jahr, das Wasser ist eisig, unser Boot steht noch unter den Kiefern, winterlich zugedeckt, deine Radfahrwege sind schlammig. Aber es ist nicht mehr lang bis zum Sommer. Und wirst du mit mir segeln?

Er antwortet nicht.

Seltsam, daß es dir keinen Spaß mehr macht. Als kleines Kind warst du gern im Boot.

Bin ich denn als Baby gesegelt?

Du bist schon mitgesegelt, als du in meinem Bauch warst. Ich erinnere mich so genau an jenen Herbst. Der Wind war schon der richtige Herbstwind, und ich brauchte Handschuhe, so rissen die Schoten an meinen Händen. Aber die Luft roch mild. Ich hielt die Fock, stemmte die Füße gegen die Spanten und fühlte dabei, wie du dich in mir bewegtest. Das war ein herrliches Gefühl, das ist überhaupt eines der besten, die ich je gehabt habe. Vielleicht bin ich dumm gewesen, mich in dieses Boot zu vergaffen, das zu groß war für meine kleine Existenz, aber dafür hab ich das gehabt. Hätte ich dir eine Ausstattung anschaffen sollen statt mein Geld für einen halbierten und gedrittelten Drachen, der einer unaufhaltsamen Inflation unterworfen sein sollte, wegzuwerfen? Immerhin schaffte ich mir vom Schwangerengeld eine Trockenschleuder an, fünfhundert Mark gab's damals beim ersten Kind.

Es war ein guter Herbst. Auf den Ufern um den See lag ein weiches Licht. Es war gut, dich zu erwarten, damals lebte ich sehr. Später geriet mir einiges durcheinander, aber im nächsten Sommer warst du wieder im Boot, im Wagenkasten des geschenkten Kinderwagens, mit einem Gurt gesichert, lachend, schreiend. Du hast viel gelacht. Als du größer warst, brauchte ich dich bei meinen Manövern nicht mehr in die Kajüte zu stecken, du saßest neben mir auf der Steuermannsbank. Bis du dann, eines Tages im Herbst, selbst steuertest, weißt du noch?

Damals, das weiß ich noch genau, sahst du sehr klein aus in dem riesigen Boot. Von der Bank reichten deine Füße nicht bis zu den Bodenbrettern. Diese Kleinheit zusammen mit dem nicht verlöschten Gefühl, das dein Blick, der nicht Angst, sondern eine Frage war, in jenem Schreckensmoment in mich einprägte, sind alles, was ich wirklich und genau von damals erinnere. Alles andere ist Hinzufügung, Vermutung, Fotos. Die Fotos ersetzen unsere Arbeit des Erinnerns, löschen es aus. Was ich mir dazudenken kann: daß du, wie auf vielen Fotos, im scharfen Herbstwind den roten Anorak anhattest, die blauen Kunstlederhosen, Gummistiefel. Beim Ablegen, und das war sehr wichtig, halfst du mir damals schon: Während ich das Boot am Steg vorbei hinausschob und abstieß, schon mit gesetztem Segel, hieltest du das Steuer fest, schön gerade, mit beiden Händen, damit ich es dann gleich fassen konnte. Du stelltest dich geschickt an.

Weißt du noch, was für ein Wind das war? Ein Südwest, der über den See gejagt kam und uns packte, und je höher wir hinaufsegelten nach Norden, desto stärker wurde er. Wir lagen gut im Rennen, erinnerst du dich? Wir waren gut, wir beide, auch ohne Fock (mehr als das Großsegel schaffte ich nicht zu bedienen), wir zwinkerten uns zu, wenn wir an einem vorbeizogen, und wenn ein anderer schneller war als wir, guckten wir in eine andere Richtung.

Wir segelten bis zur Bauminsel, wo nur Schilf wächst und die Erlen mit nackten Wurzeln ins Wasser fassen.

Mit dem Ruderboot waren wir schon dort gewesen, wir waren rings um die seltsame Insel gerudert, unter tief-hängenden Ästen hindurch in ihre Wurzelbuchten hin-ein. Kurz vor der Insel machte ich eine Wende. Weißt du noch das Geräusch, das über uns explodierte? Und war schon vorbeigeflogen, ehe wir es begriffen. In mir zuckte es, etwas schlug gegen meine Rippen, wie ein Stein gegen eine dünne Wand. Ein Moment der Blind-heit, der Orientierungslosigkeit: Kentern. (Und wie bei jedem Schiffbruch, im Moment des Begreifens auch eine Erleichterung, fast Freude: daß endlich geschieht, was geschehen muß.) Wie ertrug dein vierjähriges Herz den Schrecken?

Du erinnerst dich gar nicht? Das Geräusch war über uns hinweggeflogen, das Boot entwich mir, ich holte die Großschot dichter, aber es war fremd, eine Verbindung zwischen uns war zerstört. Oben um den Mast flatterte die obere Hälfte des Großsegels, das mitten durchge-rissen war, mit einem lauten und widerwärtigen Klat-schen.

Und der Wind nahm zu. Ich packte das untere Stück Großsegel mit der Hand, aber das Boot war nicht mehr zu führen, die Wellen stießen es auf die Insel zu, scho-ben es seitlich ins Schilf. Mit diesem verdammten Kiel, 1,50 m Tiefgang, würden wir in Morast und Wurzeln steckenbleiben. Und selbst wenn wir die Insel erreich-ten (ich durchs Wasser watend, dich auf den Schul-tern?), was sollten wir auf diesem Fleck Schlamm unter Bäumen, deren Wurzeln vom Wasser umspült wurden?

Willig und leicht zu führen, wenn es Wind im Segel hatte, war das Boot nun plötzlich auf eine bösartige Weise träge, es überließ sich den Wellenstößen und dem Druck des Windes gegen seine Flanke. In dieser schaukelnden Seitwärtsbewegung war das Steuer wirkungslos; und obwohl ich das Ruderblatt mit wilden Schlagbewegungen gegen die Drift drückte, trieben wir, wohin der Wind wollte.

Ich setzte dich, Hanns, auf die Ruderbank. Vielleicht hattest du dich in die Kajüte geflüchtet? Jetzt gibts zwei Kommandos, sagte ich: Ruder zur Insel – Ruder zum See. Ich geh an die Spitze und paddle, du steuerst nach meinen Kommandos, klar?

Du hattest sehr große Augen. Du legtest beide Hände auf die Ruderpinne, ich rief: Ruder zur Insel! und paddelte los, schlug, wühlte, grub in den Wellen. Die riesige Masse Boot verharrte, drehte sich ein wenig, kam heraus aus der zähen Seitwärtsbewegung. Ich paddelte stärker, du hieltest das Steuer und beobachtetest mich mit besorgtem Vertrauen.

Ich fing zu singen an. Ich war mir nicht sicher, ob wir das Ufer dort erreichen würden, wo ein Steg ins Wasser führte und wo wir das Boot notdürftig festmachen konnten. Ich sang, und du legtest das Steuer, je nach Kommando, seewärts oder inselwärts, das windgepeitschte Baumeiland blieb hinter uns, wir erreichten die große Bucht, das Wasser wurde ruhiger. Wir steuerten den Steg des Motorbootklubs an, der Bug schaukelte auf den äußersten Pfosten zu. Die über uns hinjagenden

Wolken rissen auseinander, einen Moment streifte uns die Sonne. Ich spürte eine mit Erschöpfung gemischte Freude, weil ich dich furchtlos gesehen und weil ich selbst, ungeübt im Kentern, das Richtige getan hatte.

Du stapftest, während ich das Boot notdürftig festmachte, über den Steg davon, in Richtung auf unseren Wald, um Helfer zu holen. Ich sah dir nach, sah dich am Ufer entlanggehen, mit kleinem, festem Schritt, und wunderte mich, daß Schreck und Ahnungslosigkeit mich nicht gelähmt, daß sie nicht die berühmte Angstreaktion ausgelöst hatten. Später habe ich mir gesagt, daß es wohl deine Gegenwart war, die mich das Richtige tun ließ: keine Angst haben, damit du keine Angst haben mußtest.

Es war so kalt in jenem Winter, daß sogar die Stadt klirrte, die doch meist mittels Sprühlösung und Viehsalz in eine riesige schlammige Pfütze verwandelt wurde. Es war kalt, und ich war zufrieden, ich hatte viel Arbeit: außer den Übersetzungen hatte ich einen wissenschaftlichen Auftrag bekommen und wollte mich eingraben darin, eine Zuflucht haben für die Sonnabende und Sonntage und viele Wochentagabende. Dazuverdienen oder Therapie oder Studium, wie auch immer, jedenfalls war es ein erfreuliches Thema, und da es ein Beitrag zu einem Forschungsbericht werden sollte, hatte ich auch das Gefühl ernsthafter Tätigkeit, als brächte das Sammeln am Ende eine Ernte wie einen Korb Äpfel oder einen Sack Kartoffeln. Nach der Lektüre von

biografischen Zeugnissen und Fluten von Prosa sollte
ich ein Fazit über »Weltsicht und Daseinsfreude« Ein-
stiger ziehen und »Verbindungslinien zum Heute im
Bild des sich befreienden Menschen« entdecken. Das
konnte einen Winter dauern, das konnte einen ausfüllen, wenn die Abende unfroh waren und die wissenschaftliche Tätigkeit des Bürotags sich im Korrigieren
und im Rückgängigmachen von Korrekturen erschöpfte.
Ich hatte vor, meine freien Winterstunden damit zu verbringen (und mit dem Kind, das klein war und wuchs).
Ahnungslos, wie ich war, sollte ich erst noch erfahren,
daß Daseinsfreude, wenn sie geballt, aber nur schwarz
auf weiß genossen wurde, Pein bereiten konnte.

An einem dieser klirrenden Tage, einem Sonntag,
fuhr ich hinaus an den See. Die Straßen spiegelten die
buttergelbe Mittagssonne, die Autobusreifen rumpelten
mit hölzernem Ton über das Eis. Es war höchste Zeit,
nach dem Boot zu sehen. Eine Weile hatte ich der Einfachheit halber jeden Gedanken an den Drachen unterdrückt, aber nun waren schon mehr als zwei Monate
vergangen, seit ich ihn zusammen mit Kutte über den
herbstlichen See gesegelt und an einem Pfahl am fremden Ufer festgemacht hatte. Die dort hatten es genommen, die Karschinski-Brüder, nachdem der Werftmann
mir knapp und unfreundlich gekündigt hatte.

Auch den Besuch beim Werftmann hatte ich lange
hinausgeschoben. Diesen Bittgang. Aber da war nichts
mehr zu machen, er hatte keinen Platz im Schuppen,
er hatte keinen Platz vor dem Schuppen. Warum haben

Sie es nicht verkauft? Der Werftmann hob die Brauenbüsche. Vorigen Winter hätten Sie es verkaufen müssen,
im Winter. Das war der richtige Moment. Ich hab es Ihnen doch gesagt: abstoßen, weg damit. Der abfällige Ton
galt dem Boot und der Seglerin. Ohne Mann. Die kriegte
das Boot nicht los.

Junge Frau, sagte er, nun tun Sie sich mal selbst um.
Ich habe keinen Platz.

Der Professor schützte nicht mehr. Ich war nur ich:
Frau Nichts, Frau Titellos. Junge Frau mit dem Ton
auf der ersten Silbe: Jungefrau. Der Werftmann hatte
mit Leuten zu tun, die sich Boote leisten konnten. Ich
war nur an das Boot geraten, leisten konnte ich es mir
nicht. Der Werftmann hatte es zu etwas gebracht, und
er schätzte Leute, die es zu etwas gebracht hatten. Der
Professor war so einer gewesen, ein großer Mann, hohes Tier, mit Auto, Drachen, Frauen, ein Professor, wie
man ihn sich vorstellte, immer großzügig, nie großkot-
zig. Jungefrau. Eine, die arbeitete, die ganze Woche in
der Stadt, wann wollte die denn segeln, und ohne Mann,
und Geld hatte sie auch nicht, das sah man sofort. Und
dann so ein Boot.

Die Karschinskis vom anderen Ufer hatten es genommen. Jaja, bringen Sies, hatte der eine der beiden Brü-
der Karschinski gesagt, wir werdens schon unterbrin-
gen. Zweihundert Mark können Sie gleich anzahlen, den
Rest später. Ich hatte gezahlt, ohne auch nur zu fragen,
wo es denn untergebracht werden sollte. Wir hatten das
Boot über den See gesegelt, um die Abschleppkosten zu

sparen, hinüber ans Ostufer, wo ein Haufen schreiender Männer gerade ein anderes Boot aus dem Wasser zog. Ich hatte unter ihnen das teigige Gesicht des Karschinski-Bruders erkannt und war zu ihm hingegangen, um die Ankunft des Drachen zu melden.

Machen Sies draußen am Pfosten fest, das kommt gleich dran, Ihr Boot. Eine süßliche Fahne war mir entgegengewallt, und ich hatte mich, um alles schnell hinter mich zu bringen, verabschiedet. Die Rechnung würde er schicken. Die Anzahlung? Ja, die Anzahlung war getätigt.

Mehr als zwei Monate waren vergangen. Ich hatte nichts gehört, ich hatte mich nicht gekümmert. Was sollte ich da auch. Dieser Ausflug an den See war mehr ein Vorwand, den Kopf aus den Büchern zu heben. Es war schön draußen. Die Sonne schien, ein eisiger Wind wehte vom Wasser her. Der Bootsschuppen der Karschinskis aus schwarzfauligen Brettern schien in die Knie gesunken, nur von der Masse der Boote wie von einer Füllung gehalten. Das Uferstück davor war gerammelt voll mit Booten, mit Böcken, Bootswagen, Eisenbahnschwellen, Schienen, Blechbüchsen. Ich stolperte über Taue und Drähte, die von überall nach überall gezogen zu sein schienen und die Bootswagen samt ihren Lasten umsponnen. Kein Mensch war zu sehen.

Ich erkannte den Drachen und erkannte ihn nicht. So hatte ich ihn noch nie gesehen. Dieser gelbliche Splitterlack: war das die Haut seines schlankweißen Rumpfes? Dieses grindige Stück Rost unterm Bauch:

war das der Kiel? Ich stand, mir war kalt, ich schlug den Kragen meines Stadtmäntelchens hoch, das nützte nicht viel. Wie es dastand, das Boot, ohne Hülle, ohne Verschnürung, schief, kaum abgestützt. Ein Wrack, an feindlichem Ufer gestrandet. Am Nachbarboot, einem breitleibigen Kreuzer, stand eine Leiter angelehnt. Aus der Kajüte ragte ein Ofenrohr, aus dem dünner Rauch trieselte. Ich klopfte gegen die Planken. Am Bordrand erschien ein gerötetes Gesicht, Seebärenphysiognomie mit weißen Bartstoppeln, dunkler Schippermütze und mehrfachem Rollkragen.

Könnte ich mal Ihre Leiter haben?

Der Alte betrachtete mich blinzelnd.

Ich möchte mal aufs Boot, sagte ich und legte den Daumen nach rückwärts.

Nee, sagte der Alte. Die Leiter brauche ich selbst. Dauernd kommt einer und will meine Leiter. Ich brauche sie selbst. Guck mal da vorn bei Erwins Kahn, da müßte 'ne Leiter sein.

Ich kroch unter Booten durch, stieg über Schienen und Bohlen, die aus dem vereisten Schlamm ragten, fand Erwins Boot mit der Leiter, entknotete mit klammen Fingern ein kompliziertes Sicherungssystem aus Draht und Tauen, bugsierte, schob, zog das Ding drachenwärts, stieg hinauf.

Zuerst sah ich die Plane, schwärzlich, wie verrottet, gefroren und mit faulem Laub bedeckt. Nicht reingefallen, sondern einfach reingeschmissen. Keinen Handschlag hatten die gemacht, um es abzudecken, einfach hingestellt und die Plane reingeschmissen. Wir machen det schon, hatte der Karschinski-Bruder mit dem gedunsenen Grinsen gesagt, als ich damals nach einem Platz bei ihm gefragt hatte. Das Boot, schlecht abgestützt, bewegte sich, als ich einen Schritt machte. Es stand schief, vorwärtsgeneigt, der Bug tiefer als das Heck. Erst jetzt sah ich die Eisschicht, die die ganze Kajüte ausfüllte. In blitzartigem Erschrecken wiederholte ich mir die Gesetze der Physik – Ausdehnung des Eises – gesprengte Felsen – aufgerissene Chausseen –, sah gebückt in die dunkle Kajüte hinein, um mit einem Blick alle Planken und Spanten besorgt abzutasten, und suchte schon, zittrig, nach einem Werkzeug. Zuerst fand ich nur einen rostigen Nagel (der mich immer im Boot geärgert hatte), dann eine im Boot herumliegende Metallfeile. Das Eis war dick und schwarz, es hatte die Bodenbretter umklammert, auch die Plane war darin festgefroren. In der Kajüte bedeckte es, wegen der Neigung, auch die höher liegenden Bänke und reichte bis vorn in die Spitze. Ich hackte. Hackte wild, verzweifelt und ängstlich, denn bei jedem Schlag konnte ich ein Brett oder eine Planke beschädigen, wenn das Eis nachgab. Unter dem draußen herumliegenden Schrott fand ich dann ein geeignetes Werkzeug, eine Art Winkeleisen, mit dem ich weiterarbeitete.

Der Alte vom Nachbarkahn äugte. Eis? fragte er und nickte. Kann das Boot auseinanderreißen, das geht ganz schnell; wenn erst das Wasser im Holz sitzt und gefriert, dann kannst du das Boot verfeuern.

Bis jetzt, sagte ich, und sagte es auch laut und tröstend zu mir selbst, denn Zuspruch hatte ich nötig, bis jetzt sieht es nicht so aus, als wär was passiert.

Ich hackte und warf Eisstückchen über Bord, ohne aufzusehen. Unter der Eisschicht gluckste schwarzes Wasser. Ich würde das Boot an diesem Nachmittag nicht leerkriegen, der Frost schnitt in die Finger, es wurde dunkel, ich gab auf. Auf der Heimfahrt bemerkte ich mit einem verzweifelten Wutgefühl, daß ich schon wußte, was ich am nächsten Sonntag machen würde; daß ich auch voraussehen konnte, wie ich die Feierabende der Woche verbringen würde: nicht mit zufriedener Stoppelarbeit in Texten und Anmerkungen, sondern durch die Stadt hastend, auf der Suche nach einem wahrscheinlich unauffindbaren und höchst nötigen Material (was das kosten würde, daran wollte ich lieber noch nicht denken) zum Abdecken des Drachens.

Ich liebte es, wenn ich aufräumte, saubermachte, U-Bahn fuhr, das Kind wickelte, Wäsche glattstrich, mit den aus Büchern gesammelten Motiven zu spielen. Eine Art Gedankendomino. Ich liebte Ähnlichkeiten und Verwandtschaften, staunte über Wiederholungen und Plagiate. Das Bild des sich befreienden ... Jetzt stand das Boot dort draußen, mit Wasser und Eis gefüllt, und erpreßte mich, okkupierte meine Gedanken, drohte: wenn du nicht ... Eine Belästigung, eine Unruhe, die ich mit ins Büro schleppte und von dort durch die Geschäfte und abends wieder nach Hause. Nie hatte ich mich ums

Wetter gekümmert; nun schaltete ich gleich nach dem Aufstehen das Radio ein, um den Wetterbericht zu hören. Würde es kälter werden? Schneien? Ich hörte noch einmal Nachrichten mit Wetterbericht, bevor ich ins Büro ging, las in der Bahn zuerst die Wettervorhersagen und verglich die städtische mit der zentralen. Aber was ich auch las: nichts war beruhigend; versprochene Aufheiterung bedeutete Abkühlung, und das noch nicht gefrorene Wasser im Boot konnte auch noch zu Eis werden; Bewölkung dagegen brachte Niederschläge, die das Boot aufs neue füllten. Ich beteiligte mich nun auch an den Bürogesprächen über das Wetter, einem Thema, das ich wie Kochen und Kinder immer verachtet hatte. Es gelang mir aber nicht, in die gemütliche Stimmung zu geraten, die zusammen mit einem Kaffee und einer Zigarette zu solchen Plaudereien über die unkorrigierten Manuskripte hinweg gehörte. Ich hörte verärgert zu und äußerte grantig meine Meinung: dies war der härteste Winter seit Jahren.

Es gelang mir nicht, die Suche nach einem geeigneten Abdeckmaterial von der sportlichen Seite zu sehen. Es gab nichts. Es hatte was gegeben, es würde wieder was geben, aber jetzt gab es eben nichts. Ich brauchte zwölf Meter Länge, mindestens vier Meter breit. Mit starrem Blick streifte ich durch Läden und Kaufhäuser. Das Fragen nach Nichtvorhandenem und Nichtmehrlieferbarem war lästig, mir und den Gefragten, ich nahm die barschen Antworten verständnisvoll hin. Von einer Spezialverkaufsstelle schickte man mich in die nächste, so durchforschte, durchfuhr und durchwanderte ich die Stadt in seltsamen Linien, und wie mir ging es anderen, die mit prüfenden Augen – Goldsucherblick – und leerem Selbstbedienungskorb an den Regalen vorüberzogen und denen ich manchmal in entlegenen Stadtteilen wieder begegnete. Es war lästig, aber auch dringlich, das Boot stand unbedeckt, Eis im Bauch. Diese Suche war keine einsiedlerische Beschäftigung wie meine Abendstudien: keine Zeit zum Gedankenschweifen, zum Grübeln, zum genießenden Versenken in Vergangenes, still am Tisch abends, während das Kind spielend zwischen meinen Beinen herumkroch und später einschlief. Jetzt war ich todmüde abends. Mit Hunderten, Tausenden anderen war ich durch die Stadt gerannt und gefahren, bei diesem Matschwetter, die Nässe zog in die Winterstiefel und hinterließ weißliche Ränder, bei diesem Matschwetter, das ein Glück war, denn so konnte ich hoffen, daß das Eis im Boot nicht weiter wuchs. Immerhin: auch das war eine Art, nicht allein zu sein. In den vollen Zügen, in den Geschäften und Kaufhäusern, im Neonlicht der abendlichen Straßen sah ich mich vervielfacht, erkannte meine eigenen Worte und Gesten wieder, fand mich in Blicken und Fragen der anderen, in diesem gemeinsamen, riesigen Mensch-ärgere-dich-nicht-Spiel.

Mädchen, wo willst du denn hin bei diesem Sonntagswetter, sagte eines Abends jemand hinter mir, während ich auf einem verlassenen Bahnsteig die Abfahrtszeiten eines Vorortzuges studierte. Dort draußen, hatte ich gehört, sollte es ein besonders gut beliefertes Geschäft geben, ob wegen der besonderen Kunden, die in jener Gegend wohnten, oder wegen der besonderen Tüchtigkeit des Geschäftsführers, hatte ich nicht erfahren, aber das war auch egal, ich wollte nichts unversucht lassen, die Tage vergingen. Ich sah auf dem Fahrplan, daß in zehn Minuten ein Zug kommen mußte, und beschloß mitzufahren.

Gib mal her, sagte der Mann, und griff nach meiner Tasche. Schleppst dich ja …

Unwillig packte ich meinen Einkaufsbeutel fester und drehte mich um. Der Mann war groß, stand leicht nach vorn geneigt, sah mich an mit hellem, schwimmendem Blick. Irgendwas an ihm, etwas Vages und Unerklärbares, so schien es mir an diesem feuchtkalten und schon dunklen Winternachmittag unter den blassen Lampen des Bahnsteigs, erinnerte mich an den Kompagnon, und während ich dies dachte, fühlte ich in mir eine schmerzende Bruchstelle. Die ich nicht spüren wollte, die ich immer verkittet hatte mit Arbeit und Vernunftgründen. Wir waren fast allein auf dem abgelegenen Bahnsteig, Schwaden feuchtkalten Nebels wehten vorüber. Der Büroschlußzug war schon vor einer halben Stunde gefahren, dies war die Nach-Hause-renn- und Besorgungszeit, eigentlich keine Zeit zum Anquatschen.

Pardon, sagte der Mann und hatte meine Tasche in der Hand, den häßlich-praktischen Faltbeutel, der ein Paket Papierwindeln, vier Gläser Kindernahrung, ein Kilo Äpfel und ein Kilo Bananen enthielt, meinen Tageseinkauf, denn ich hatte vorgehabt, gleich nach Hause zu fahren. Wahrscheinlich war es auch Unsinn, sich diese Stunde Fahrerei um die Ohren zu schlagen.

Der Zug fuhr ein, und trotz des bösen Blicks, den ich auf den Mann richtete, setzte er sich mir gegenüber und streckte die Beine, nachdem er die Tasche mit etwas theatralischer Höflichkeit ins Gepäcknetz gestellt hatte. Ich sah, daß wir fast allein im Wagen saßen, einander gegenüber in zwei Ecken, von trüben Lampen beschienen und einem Gespräch ausgeliefert.

Der Mann stand noch einmal auf, zog den Reißverschluß seiner Kutte herunter, so daß ich einen grobgestrickten Pullover zu sehen bekam, der einen schmalen Hals umschloß (Bekennerplünne, dachte ich), neigte den Kopf und sagte: Georg.

Almut, erwiderte ich und benutzte ein Obenhinlächeln, um ihn noch einmal zu mustern. Dann drehte ich das Gesicht zum Fenster.

Aber der Mann fing kein Gespräch an. Er schwieg, und nach einer Weile zog er ein Buch aus der Manteltasche und begann zu lesen. Er las wirklich, wie ich mit einem raschen Seitenblick feststellte, etwas vorgebeugt, unbeeindruckt vom Rütteln des Zuges und dem Flackern der Beleuchtung. Ich richtete die Augen wieder aufs Fenster. Sah mich gespiegelt vor der dunklen Winterlandschaft, die draußen vorbeizog; sah ein müdes Gesicht, zerrauftes Haar, einen besorgten Blick; sah meine Gedanken, so kam es mir vor, in Schichten übereinandergelagert, Boot – Kind – Arbeit – Das Bild des sich befreienden …

und wandte den Blick ab von mir und dieser Anhäufung von Schwierigkeiten. Der Zug fuhr langsamer. Ich stand auf, schlug den Mantelkragen hoch, streckte den Arm nach der Tasche aus.

Auch der Mann namens Georg stand auf, nahm meine Tasche aus dem Netz und ging vor mir her zum Ausgang.

Auf dem Platz vor dem kleinen Bahnhofsgebäude blieb ich stehen und sah mich um.

Das Bau- und Heimwerkerzentrum ist dort drüben, Akazienallee.

Danke.

Ich weiß hier Bescheid, ich bin von hier.

Kann ich meine Tasche wiederhaben? Ich faßte nach dem Beutel und betrat rasch das Geschäft.

Als ich wieder auf der Straße stand, ziemlich schnell und ohne etwas bekommen zu haben, sah ich, wie er auf dem Gehweg in der Kälte von einem Bein aufs andere hüpfte.

Stumm und ärgerlich ging ich zurück zum Bahnhof. In der Mitropa bestellte ich einen Grog, und der Mann, der langsam hinter mir hergekommen war, stellte sich neben mich an die Theke.

Wonach rennst du denn?

Du gehörst wohl zu den Versorgten, als Sohn dieses Vororts. Andere sinds nicht und müssen besorgen.

Nein, weder Versorgter noch Besorger, weder das eine noch das andere. Ich seh mir das nur an, ich studiere das: dieses Suchen, Habenwollen, Organisieren. Dieses Rennen, ist das nicht ein Wegrennen? Hast du dich das nie gefragt? Vor der Leere, vor dem Nachdenken, vor der Angst?

Er beugte sich über sein Glas.

Oder ein Hinterherrennen? Eine ganze sich entwickelnde Gesellschaft rennt ihren sich entwickelnden Bedürfnissen hinterher? Der Mann stützte das Kinn auf die Hand, so daß sein Gesicht tiefer als meines war, und blickte mich von unten herauf an. Wenn ich dich so ansehe, denke ich, daß du vor etwas wegrennst. Dieses Besorgenmüssen ist doch nur ein Vorwand, damit füllst du dich aus, damit planst du dich ein, damit keine Lücke bleibt bis zum Schlafengehen, das Fernsehen ist langweilig, und dein Mann ödet dich an.

Ich mußte lachen. Ich geb dir, weil du so weise bist, ein Rätsel auf: ich brauche eine Sache, um eine Sache zu erhalten, von der ich mich befreien muß.

Weise bin ich leider nicht. Ich renne bloß nicht mit. Zwei doppelte Klare genügen, da steigst du aus, da wirst du gelassen. Nicht weise, da schmeichelst du mir: was ich sage, sind ja Gemeinplätze. Weise wirst du nicht, aber gelassen, glaub mir.

Meine Strecke ist das nicht, sagte ich und nahm die Tasche. Mein Zug kommt.

Ich bekam am nächsten Tag, zufällig und ganz in Büronähe, eine dünne, käsefarbene Folie, auf die weiße Blümchen gedruckt waren, »Tischdeckenstoff« nannte sie der Verkäufer, denn wahrscheinlich sollte dieses Muster längst vergessene biedermeierliche Handarbeiten imitieren. Dieses Zeug erschien mir brauchbar, ich nahm zweimal zwölf Meter: zwei Bahnen, die man irgendwie zusammennähen würde. Der Verkäufer schlug mir die vierundzwanzig Meter Tischdeckenstoff in das übliche Packpapier mit dem Aufdruck »Freude am Einkauf«, und ich trug das Paket mit der Befriedigung eines Beutemachers nach Hause.

Meine Strecke ist das nicht, hatte ich gesagt, während der Zug einfuhr, und gemeint: Meine Strecke bist du nicht, oder genauer: Meine Strecke sind Sie nicht, denn in Gedanken siezte ich ihn. Und so wäre ein kurzer Abschied wahrscheinlich: wir gaben uns im milchvioletten Neonlicht die Hand, und der Mann deutete ein Lächeln an, während ich schon einstieg; ich ließ mich in eine Ecke fallen, Stoff zum Nachdenken hatte ich ja. Und im Fenster sah ich wieder vor dem vorbeiziehenden Winterabend ein zerrauftes Gesicht und alle Schichten, die ich abtragen mußte, allein.

Es gäbe noch eine zweite Variante, auch nicht überraschend, vielleicht noch konventioneller, und welche der beiden wahrer ist oder möglicher, weiß ich nicht, ich erinnere mich nicht, aber sie gäbe Georg die Gelegenheit, seine psycho-soziologischen Behauptungen zu überprüfen: Ich hob die Tasche an, und er faßte zu, es war nicht auszumachen, ob ich sie einen Moment langsamer, mit einem winzigen Zögern ergriff, damit er Zeit hatte, die Hand auszustrecken, oder ob er es war, der, damit ich keinen Einspruch mehr erhob, seine Hand schnell um meine auf den Griff der Tasche legte. Jedenfalls stieg er ein und saß mir wieder gegenüber, ich erzählte etwas von mir und fragte etwas. Einen Versuch konnte man machen. Ich fror, der Zug war schlecht geheizt. Zu Hause mußte ich das Kind ins Bett bringen, was schnell ging. Wir wärmten uns eine Büchse Ochsenschwanzsuppe und gaben einen Schuß Kognak hinein, aber ich mußte, bevor ich mich auf die Couch legte, noch ein heißes Fußbad nehmen, so durchgekühlt war ich. Im vertrauten Licht meines kleinen Zimmers sah Georg anders aus, ich bemerkte die zarte, spröde Haut seines Gesichts; sein Lächeln, sein schwebendes Verhältnis zu allem und auch zu mir, eben das, was er Gelassenheit genannt hatte, waren mir in diesem Augenblick verständlich und willkommen. Er wärmte mich, ich fühlte ihn warm und fest, ich wollte von ihm durchdrungen sein und die Bruchstelle nicht mehr spüren und all den lastenden Kram, den ich mit mir schleppte wie meinen Einkaufsbeutel, ich hastete ihm nach, diesem Georg, konnte ihm nicht folgen, das ist es eben, dachte ich. Das ist meine Strecke nicht.

VII

Dies Frühjahr ist das Boot nur flüchtig überholt worden. Kutte hat sich den Arm gebrochen. Unfall, Ehrenhandel, schreibt er, rätselhaft und widersprüchlich. Ich bin hier, weitab, und er bricht sich den Arm, da kann man nichts machen, da muß sich das Boot mit einer flüchtigen Überholung begnügen. Wer so weit weggeht wie ich, muß froh sein, wenn überhaupt jemand nach dem Boot sieht. Wer weggeht, denken die Dortgebliebenen, der gibt alles auf, der gibt uns auf, der kann nichts mehr von uns erwarten. Wer weggeht, vergißt uns, und wir können ihn vergessen. Kutte kümmert sich. Aber jetzt hat er sich den Arm gebrochen.

Daß es am Vatertag, Himmelfahrt, passiert ist, wirft sofort ein Licht auf den Unfall (denn als solcher ist er registriert worden, aus Versicherungsgründen) und auf Kutte. Ein schlechtes Licht. Vatertag: einen schlucken und dann Bambule. Aber so wars nicht, beteuert Kutte, und ich glaube ihm, auch wegen dem Krankengeld und dem Schonplatz. Wächst nicht richtig zusammen, schreibt er, muß vielleicht noch mal gebrochen und genagelt werden. Mehr als der Außenanstrich war nicht drin.

Kutte hat an diesem Vatertag nicht geschluckt, sondern Überstunden gemacht. Er hat Möbel gefahren (seit zwei Jahren hat er das Mauern aufgegeben, diese Knochenarbeit), er hat eine Schrankwand aufgestellt, bei den Glücklich-Belieferten Bier abgelehnt, Kaffee getrunken, großes Trinkgeld eingesteckt. Alles wie immer. Wer lange auf Möbel warten muß, freut sich mehr, sagt Kutte, die Leute sind immer ganz glücklich, wenn ich komme. Von dem vielen Kaffee, aus dem er sich nichts macht, ist ihm flau, wie besoffen ist man nach soviel Kaffee, und so hält er mit seinem Kumpel auf dem Heimweg am See. Fünf Minuten sinds von hier nach Hause.

Ich halte mich parteiisch an Kuttes Bericht. Er ist mein Freund, in einigen schlimmen Augenblicken war er ein Retter. Unsere Freundschaft entstand in der Zeit, als er und ein anderer Feierabendmaurer das Waldhäuschen unter den Kiefern ausbauten, in dem mein Vater das Dachzimmer hatte richten lassen. Er freute sich damals, daß Werner und ich nicht nur das Boot übernahmen, sondern auch in der leeren Haushülle zu arbeiten anfingen. Es war eine anstrengende Zeit.

Bretter, Zement, Mauersteine besorgen. Fleisch, Kartoffeln, Bier (das gute Pilsner aus der Hauptstadt in den großen Flaschen sollte es sein) rausfahren. Immer dasein, anpacken, mithelfen, freundlich bleiben, bar zahlen. Manchmal reichte das Geld nicht. Kutte störte das nicht; er hätte auch wegbleiben können, bessere Zahler gabs genug, aber daran lag ihm weniger. Er segelte lieber mal mit oder kam abends mit dem Hund rum, zum

Quatschen. Manches, was ich später, kompagnonlos, allein und selbst schaffen wollte, konnte er einfach nicht mit ansehen, und er nahm mir das Werkzeug aus der Hand. Eh du noch größeren Mist baust, sagte er und machte es selbst. Ich stand bewundernd und dankbar dabei. Hast du hingeguckt? sagte er. Hast dus begriffen?

Kutte und sein Kumpel (der in diesem Bericht wortlos und passiv bleibt) betreten die Seegaststätte »Neptun«. Die Gaststätte ist neu, und Kutte fühlt sich wohl dort. Es ist wahr, daß der Selbstbedienungsteil mit Seeblick schon etwas schlampig aussieht, die Holzverkleidung hat Flecken, die Plastemöbel sind schmutzig, immer steht benutztes Geschirr herum. Aber im Restaurant hinter den Perlontüllgardinen hat Kutte das Gefühl, daß ihm für sein gutes Geld Komfort und anständige Bedienung geboten werden. Wozu macht man Überstunden.

In einer Ecke sitzen drei, die nicht aus dem Ort sind. Die haben den Vatertag gefeiert, das sieht man deutlich. Kutte und sein Kumpel reden nicht viel. Sie essen eine Currywurst. Das Bier zischt. Den ganzen Tag Kaffee und Kuchen, wo sie auch hinkommen, immer der beste Kaffee, und man sagt nicht nein, hinsetzen muß man sich auch mal, wenn man so eine Schrankwand zusammengebaut hat, immer in Rekordzeit. Manchmal zittern ihnen die Hände abends von dem vielen Kaffee.

Kutte und sein Kumpel trinken ihr Bier aus, zahlen und gehen. Auch die drei gehen; draußen, vor dem Restaurant, stolpern und schwanken sie durch die Blumenbeete zu ihrem LKW hin, der an der Straße steht.

He, ihr Heinis, sagt Kutte, was müßt ihr durch die Rosen latschen.

Die Promenade zum See kann man nur schätzen, wenn man wie Kutte weiß, daß da früher ein staubender Sandweg war. Jetzt sind Platten verlegt und Bänke aufgestellt und Rosen gepflanzt. Rosen im Kiefernwald, bei reinem Sand, das will schon was heißen, sagt Kutte, mehrere Tonnen Mutterboden mußten sie ranfahren, damit die überhaupt anwuchsen. Kutte hält nichts vom Kleinkrieg der Datschenbesitzer gegen den Wald, dieses ganze eingezäunte Wochenendvolk mit Rasen, Rosen und Grillecke bringt ihn in Rage. Aber die Rosenpromenade ist etwas anderes, eine Anlage, eine Verschönerung im großen, da fühlt er sich solidarisch.

Was müßt ihr durch die Rosen latschen, ihr Heinis, sagt Kutte, und wumm, hat er eine, daß er selber zwischen die Stauden fliegt. Er steht auf. Er läßt sich nicht provozieren. Aber er ärgert sich, daß diese besoffenen Schweine durch die schönen, neuangepflanzten Rosen trampeln, er ist nämlich von hier und die nicht.

Halt die Fresse, sagt der, der vor ihm steht.

Ich laß mir nicht unsre Rosen zerlatschen, ihr Heinis, sagt Kutte, und wumm, hat er wieder eine.

Ihr Heinis, stöhnt Kutte, während er sich aufrichtet, da landet der dritte Schlag. Nicht provozieren lassen und schon gar nicht von Besoffnen, gut und schön. Aber man hat auch ein Ehrgefühl, und in solchen Momenten wachsen die Kräfte. Muß man sich mit Dreck panieren lassen, wenn man die Rosen der Gemeinde verteidigt?

Kutte nimmt den Kerl und drückt ihn runter. Er schiebt ihn zurecht und haut zu. Wenn Kutte Holz hackt, spaltet er eine dicke Baumscheibe mit einem Axthieb. Er haut noch mal zu. Als er zum drittenmal ausholt, ruckt der Heini in dem Schraubstock, in den ihn Kuttes Beine pressen, und Kutte landet den Schlag nicht mit der Hand, als sauberes Karate, sondern mit dem Ansatz des Unterarmknochens. Es tut höllisch weh. Die beiden anderen Vatertagsbrüder schleppen den Heini zum LKW. Sie haben allen Grund, die Schnauze zu halten.

Der Kumpel bringt Kutte nach Hause. Es ging um meine Ehre, sagt Kutte zu seiner Frau.

Ich sehe ein, daß nach diesem Unfall, diesem Vatertagsehrenhandel, mit dem schlecht zusammengewachsenen Unterarmknochen, das Boot nicht mehr erwarten kann als einen Außenanstrich. Was aber viel ernster ist: an Bug und Heck hat es weiche Stellen. Kutte hat sie gefühlt. Man müßte. Ich trau mich da nicht ran, schreibt er, und das höre ich selten von ihm. Und dann, die Hand. Dies Jahr ist nichts drin.

Als ich die Tischdecken-Plane in der Hand hielt, schien mir die Not des Bootes überstanden. Ich war gut im Vorausdenken guter Ausgänge und ließ mich durch schlechte Erfahrungen nicht davon abbringen. Ich glaubte meinen Wünschen.

Am Sonntag fuhr ich hinaus an den See. Westwind lag auf der Bucht. Die Spitzenimitation, zu Hause weichlich und nach Gummi stinkend, härtete sich in der Kälte, bekam etwas Knistrig-Brüchiges und widersetzte sich allen Versuchen, sie glatt (wie eine Tischdecke, hatte ich mir eingebildet) übers Deck zu ziehen. Nachdem ich den Nachbarn begrüßt, Erwins Leiter geholt, Eis gehackt und schwarzes Wasser geschöpft hatte, machte ich mich daran, die zwölf Meter aus ihren erstarrten Falten herauszubiegen. Aus der Kajüte nebenan folgte mir der Blick des Seebär-Nachbarn. Schließlich hatte ich das Zeug oben, krumm und schief, aber wenigstens oben, zwölf Meter waren unhaltbar und unberechenbar bei diesem Wind. Cremefarben, hatte der Verkäufer gesagt, nicht käsefarben, das fiel mir ein, während ich die Folie mit Bindfaden zu befestigen suchte, was am Bug besser gelang, wo ich sie wie eine Tüte zusammendrehte und fest umwickelte, bis sie eine Art Stummelschwanz bildete. Aber der Wind kam vom See, vom Heck, und dort konnte ich trotz Festbinden und Verknoten ein schiefes Geflatter nicht beseitigen. Der Seebär äugte. Ich knotete noch mal. Kein Vergleich mit den stabilen Planen über den anderen Booten, mit den festen Verspannungen, die in verstärkte Ösen griffen und durch Pflöcke im Boden gesichert waren. Nach vielem Hinauf und Hinunter ließ ich es gut sein, obwohl es nicht gut war. Es dunkelte, ich mußte heimfahren.

Erwin, den Besitzer der Leiter, lernte ich zwei Wochen später kennen. Ein Wochenende war ich zu Hause geblieben. Ich wußte das Boot bedeckt und verlor keinen Gedanken daran. Ich war glücklich in diesen zwei Tagen, zwischen Schreibmaschine und Zettelkästen, belebt und geschützt von absonderlich-geschwätzigen Männern, die ich dem Vergessen entreißen wollte. Die Spaziergänge mit dem Kind paßten genau dazwischen, die spiegelnde Fläche des Schwanenteichs störte die Verknüpfung historischer Fakten nicht, der Flug der Brotbröckchen und die schnappenden Schnäbel der Schwäne machten dem Kind Spaß und lenkten mich nicht ab.

Ich fand das Boot unbedeckt. Die Plane lag in Fetzen am Boden, wie ein zerrissenes Sommerkleid, nur das an der Spitze zusammengedrehte und von reichlich Bindfaden umwickelte Ende saß noch auf dem Boot, ein lächerlicher Stummelschwanz. Der Wind hatte kleinere Stücke der Plane weit den Strand entlanggetragen, sie regten sich raschelnd über dem gefrorenen Sand, wie Butterbrotpapier.

Meine Leiter brauch ich selbst, sagte Erwin. Eine Leiter muß man haben. Wieso hast du keine?

Er schlängelte sich hinter mir und seiner Leiter her. Ich warf einen Blick rückwärts. Er war klein, mindestens einen Kopf kleiner als ich, ein altersloses Gesicht unter der Schirmmütze, runde Nase, runde Brillengläser, runde Augen. Vor dem Boot blieb er stehen, legte die Hand auf die Planken.

Ist ja 'n Drachen.

Ja.

Wie bist du denn dazu gekommen? In seiner Stimme war eine Spur Verwunderung.

Wie die Jungfrau zum Kind, hätte ich fast gesagt, aber

es hätte dreist klingen können, und dreist, das fühlte ich, durfte man Erwin nicht kommen.

Übernommen, sagte ich in möglichst neutralem Ton, so als wäre es nicht des Fragens wert, und bemerkte, während ich das »übernommen« aussprach, die Doppelbedeutung des Wortes, die ja zutraf.

Erwin ließ die Hand auf dem Holz und kniff die Augen zusammen. Die Rundheiten seines Gesichts verschwanden.

War der immer weiß?

Ich bejahte, während ich die Leiter hinaufkroch. Das ungeschützte Deck war feucht und rissig.

Wenn ich nicht irre, sagte Erwin mit dem Ton: ich irre nie, dann ist das der Drachen vom Professor.

Jaja, sagte ich und wußte nicht, warum mir sein Gerede so unangenehm war.

Vierundsechzig war das, glaube ich, da hab ich das Boot in der Werft drüben, am anderen Ufer, zur Reparatur liegen sehen. Faule Stellen. Sah schlecht aus, das Boot.

Ich hatte meinen Vater einmal von einer Reparatur reden hören. Das lag lange zurück, und ich hatte nie mehr daran gedacht. Dieser Zwerg mit dem schlesischen Akzent kannte das Boot besser als ich.

Fang bald an mit dem Überholen. An dem Boot ist viel zu tun.

Gibt es hier jemanden, der …

Nee, hier macht jeder seins.

Und die Gebrüder Karschinski?

Erwin lachte. Die Karschinskis? Die sitzen. Im Knast, mein Kind. Die machen Tüten, keine Boote.

Wegen Steuerhinterziehung saßen sie, die Lumpen. Die Nachricht erfüllte mich mit Befriedigung: das Boot war gerächt. Die Werft gehörte nun zum »Zweckverband Erholungswesen Schärlersee«, der noch nicht existierte, aber gebildet werden sollte. Und bis dahin mußten wir hier selbst Ordnung machen und einander beim Slippen helfen und natürlich die Boote selbst überholen.

Du stehst vorn am Wasser. Dein Boot kommt mit den ersten rein. Im Mai mußt du fertig sein. Und bring nachher die Leiter zurück.

Erwin wandte sich ab und trat auf einen jungen Bärtigen zu, der an einem schwärzlichen Kutter herumkratzte. Das Boot stand noch dichter am Wasser als meines. Ich konnte Erwins Stimme deutlich hören. Klinkerbau, wo hast du denn den aufgetan! Da muß alles runter, damit du siehst, was du dir eingehandelt hast. Erwins Stimme dröhnte, der Bärtige sagte etwas und errötete. Runter alles! Und halt dich ran, du stehst vorn am Wasser, im Mai mußt du fertig sein.

Mai klang weit. Der bärtige Kuttermensch war vielleicht noch schlimmer dran. Mit seinem Uraltkahn, Klinkerbau. Mai klang weit. Wenn man aber nur Wochenenden zum Arbeiten hatte, war er nah. Sehr nah. Ich erschrak: das bedeutete ja, ich mußte alle Sonnabende und Sonntage arbeiten. Ich hatte eines der größten Boote, kein Klinkerbau zum Glück, aber Fläche, Fläche,

Fläche, Kiel und Boden und Bordwände und Bug und Heck. Und Deck, Kajüte, Cockpit, Bodenbretter. Das bedeutete, ich würde weiter wetterabhängig sein, wetterfühlig, Sachsklavin, Leibeigene des Bootes, und ich würde die bedeutenden vergessenen Männer und deren Prosa nicht verfolgen können, würde in Verzug geraten, Termine schmeißen, Verträge brechen, Mahnungen, böse Bemerkungen, Ärger ernten. Ich würde kein Geld kriegen, das ich aber brauchte für Plane Nummer zwei, für Kupfer- und Vorstreichfarbe, für Bootslack, Leinöl, Terpentin, Holzschrauben und so weiter.

Nur hatte ich keine Wahl. Ich mußte den Drachen erhalten, um mich davon zu befreien.

Die Sonnabende und Sonntage am See waren kalt. Meist lag Westwind auf der Bucht. In den Nächten vom Sonnabend zum Sonntag schlief ich, ohne mich auszukleiden, im eisigen Holzhäuschen am anderen Ufer. Bis Mai sollte das so gehen. Mit jedem Wochenende tauchten mehr Bootseigner in der Werft auf; sie begrüßten einander, indem sie die Augen zusammenkniffen und sich herzlich auf die Schultern prankten, und nachdem sie einen Blick nach mir hingeworfen hatten, den ich nicht deuten konnte, machten sie sich mit Haurruck-fröhlichkeit an die Arbeit. Der Eifer ringsum wuchs. Als das Eis getaut war und der bärtige Kuttermensch und ich im schwarzen Uferschlamm standen, klopfte und raspelte es auf allen Booten. Der Seebär-Nachbar, der Krättke hieß, sah zu, wie ich die Schleifscheibe ansetzte und wie die zu Staub zerriebene Farbe mir ins Gesicht

wehte. Krättke beeilte sich nicht, das allein war tröst-
lich. Erwin stand hinter dem Kuttermenschen, der ret-
tungslos zurücklag und gerade einen tiefen Riß in einer
Planke freigelegt hatte. Haste Werg? Da muß Werg her,
sagte Erwin. Kalfatern! rief Krättke. Sag ich doch, Werg
soll er sich besorgen, schrie Erwin. Erwin ging herum,
redete von Ordnung, gab Ratschläge, trieb. Erwin trieb
alle, die Lotterwirtschaft der Karschinskis war vorbei.
Mich trieb er am meisten.

Zu Hause fand ich im Briefkasten eine Blumenkarte,
zum Frauentag. Ein abgezogenes Briefchen war beige-
legt. Wir nutzen diesen Anlaß, Ihnen als Frau und Kol-
legin unseren besonderen Dank für Ihr Schaffen und
Ihr Wirken auszusprechen. Wir wünschen Ihnen auch
weiterhin Freude und Erfolg in Ihrer Arbeit und im persönlichen Leben. Im Namen des Vorstandes.

Unter der gleichfalls abgezogenen Unterschrift i.V.
stand in Klammern: Das traditionelle Beisammensein
im Kreise der Kolleginnen wird auch in diesem Jahr
stattfinden, aber etwas später.

Jetzt oder etwas später, ich hatte keine Zeit.

Mühsam und müde kehrte ich an den Wochentags-
abenden zu meinem Studium zurück. Ein Gewalt-
marsch durch Seiten, in den sich immer wieder ein Boot
drängte. Ich las. Bände um Bände, eng bedruckt, gelbliche Seiten, Rara, Fernleihexemplare mit zartem Moder-
geruch, Fotokopien. Ich las und sollte am Ende irgend
etwas herausfinden aus all diesen Zu- und Zwischen-
fällen, die aus Liebe, Trug und Eifersucht, aus Spott und

Spaß, aus Tücke und Haß, Mord und Gewalt geboren wurden, etwas, wofür die akademischen Lehrer schon die Krückenwörter geliefert hatten: vorrevolutionär, frühbürgerlich, antizipatorisch; etwas Hohes, Theoretisches, Wichtiges.

Und eines Abends enthüllte sich das Suchbild. Diese ganzen Geschichten handelten ja von nichts anderem als dem Triumph der Weiber. Sie, die Frauen, die Jungfrauen, die Mädchen, die Matronen, die Damen zeichneten das Bild des sich befreienden Menschen in die Zukunft. Sie rächten sich an blöder Unterdrückung durch Ehemänner und Gewalthaber, sie überlisteten die Alleinherrschaft der Älteren und Eltern, sie wählten frei und fanden immer den kräftigsten, zärtlichsten Liebhaber, sie spotteten der Geilen und Feilen. Sie gehorchten den Regeln und taten, was sie wollten. Wenn der Pfeil aus den Augen des Geliebten sie traf, folgten sie ihm, nur ihm, und bis in den Tod. Sie lebten bis an die Grenzen und darüber, sie lebten lustvoll und stark. Sie waren es, sie »antizipierten die Konturen eines neuen, eines revolutionären Welt- und Menschenbildes«, wie es mein Professor in akademischer Sakralsprache formuliert hatte. War das eine Entdeckung? Und war sie unterzubringen in dem vorgezeichneten Koordinatensystem der Forschungsbeiträge?

Eines Abends rief Georg an. Ich habe keine Zeit, antwortete ich, endgültig, abschneidend. Dieser Schlagseitensamariter, sagte ich zu dem Kind, das auf dem Töpfchen sitzend durchs Zimmer rutschte. Will mich retten, mich! Was sagst du dazu? Du, beeil dich, ich muß an die Arbeit. Ich habe keine Zeit.

Ich fühlte mich sofort kläglich, wenn ich mich an den Schreibtisch setzte. Dieses Studium, das von den Wochenenden in der Werft zerstückelt und von täglicher Kleinkramjagd zerfasert wurde (es war einfach unmöglich, Sandpapier Stärke drei zu bekommen, von dem abhing, wie ich vorankam mit dem Abschleifen), dieses Studium war keine Zuflucht mehr. In den Texten fand ich nicht Stille, sondern Vorwürfe. Ich konnte nicht umhin, mich selbst mit jenen Vorwegnehmerinnen zu vergleichen, die ihre Freiheiten so drastisch und obszön vorzeigten, damals, in der »Epoche schönster Morgenröte«, wie der Denker sie genannt hatte. Angesichts der Abenteuerlust, mit der sich die Damaligen ins Leben wagten wie in ein stürmisches Meer, kam ich mir vor wie auf einem verschilften Binnensee: in Windstille. Ein See, nein, eine Pfütze, vier Uferseiten, streng voneinander abgetrennt: Büro/Kind/Studium/Boot. Da ergänzte sich nichts, nichts wuchs zusammen zu etwas Ganzem, kein freudiges *Bewußtsein des Irdischen* entstand, nicht einmal ein *Daseinsgefühl. Mein Hier- und Jetztsein* waren Büromüdigkeit, Suche nach Wassersportartikeln, die Wochenendmännerwelt und ein schlechtes Gewissen gegenüber dem vernachlässigten Kind.

Eine andere, angenehme Sicherheit verflüchtigte sich: die Zettelkästen, in denen ich Gelesenes auf ein beruhigend-kleines Format reduzierte (Motive, Quellen, Wiederholungen, dramatische Weiterverwendung), wurden nutzlos. Die Kärtchen, mein wissenschaftliches Kleineigentum, faßten nicht, was mir jetzt als das Eigentliche und Beunruhigende erschien. Ich las aus den Texten Fragen, die unwissenschaftlich waren, die ich aber dringlich fand. Die ererbten Brücken allgemeiner Definitionen trugen nicht mehr. Das Material war kein Haufen Sand mehr, den man nur sieben mußte, es verwandelte sich, wie einst von den vergessenen Männern beabsichtigt, wieder in Leben.

Ich las mit entzündeten Augen, ich nahm teil, atmete, litt. Schlich, umarmte, hielt fest. Ich las durchaus unwissenschaftlich. War anwesend. Küßte. Spielte die Spiele. Rächte mich an dem und an dem. War so gemein und hinterlistig, wie man zu mir gewesen, aber wußte den besseren Streich. War so zärtlich und liebevoll, wie man zu mir gewesen, aber noch unersättlicher. War auch berechnend, ließ mich nicht übers Ohr hauen. Trug eine Maske und ein durchsichtig-dünnes Kleid und ließ ihn herein bei Kerzenlicht, denn ich wollte nicht erkannt werden, wohl wissend, wie sehr das Gerede der Liebe schadet. Dann wieder legte ich mich auf eine Wiese und schlug den Rock hoch, und bevor das Gewitter herangezogen war, konnte er es dreimal und viermal, wonach wir uns lachend im Bach wuschen. Als der mir Vorgesetzte nach Hause kam, in der Dämmerung, versteckte ich den ersten im Schlafzimmer, den zweiten in der großen Truhe, den dritten auf dem Dachboden; den Vorgesetzten schickte ich weg, ich behauptete, das Mehl sei mir ausgegangen, und saß danach mit den dreien am

Tisch. Wir verspeisten den Kapaun, den der erste mitgebracht, tranken den Trebbianer, den der zweite spendiert, und sangen zur Laute des dritten: wir hatten allen Grund, uns zu erholen.

Ich las und seufzte. Ich legte den Kopf aufs Buch und die Hände auf die Brüste. Aus den Erinnerungen tauchte Werner auf, ich lächelte ihm versöhnend zu, er streckte die Arme nach mir aus. Aber weil er mich in die Kajüte hinabzog, fiel mir das Boot wieder ein, die Werft, ich sah die Wasserflecken in der Kajüte, und das Bild des Kompagnons verschwand.

Sollte ich Georg anrufen? Sollte ich Dieter mit nach Hause auf die Couch nehmen, der beim Betriebsfest (im Oktober war das gewesen, zum Tag der Republik, seitdem war ich zu keinem Fest mehr gegangen) den Kopf trostsuchend an meine Schulter gelegt hatte? Was würde das ändern. Würden Georg oder Dieter solche einfachen Szenen wirklich mitspielen können, ohne Kommentare und Hintergedanken? Und ich?

Es war ein Entbehrungswinter, ich mußte ihn durchstehn. Hungerphantasien gab es nun mal. Solange die Mangelzeit dauerte, mußte ich geviertelt leben, an meinen vier Ufern. Aber nicht noch einmal, sagte ich mir, nur diesen Winter.

Während ich am Drachen arbeitete, betrachtete ich ihn mit Gänsemästerblick. Wenn du schön weiß und glatt bist, werde ich dich schlachten.

In der Werft gab ich mich männlich, trug eine abgeschabte Lederjacke, formlose Hosen voller Farbflecken, versteckte das Haar unter einer Pudelmütze. Ich hielt es für klug, Erwin einmal am Tag um Rat zu fragen und auch Krättkes Erklärungen mit gesenktem Kopf anzuhören. Meist sagte Krättke das Gegenteil von Erwin. Das Boot ist nur noch zu retten, wenn ... Und ich sage dir, wenn du nicht schnellstens ... Ich stellte mich manchmal, die klammen Finger in den Hosentaschen, dazu, wenn Erwin und Krättke gleichzeitig und gegeneinander dem Kuttermenschen Tips gaben, die immer begannen: bei *dem* Boot ... Das tröstete. Mit einer gewissen Genugtuung stellte ich fest, daß sich der Bärtige wirklich einen verrotteten Kahn hatte andrehen lassen, und ich verstand sein verzweifeltes Gesicht. Ich fand keinen Genuß in der Arbeit, nur die Wut hielt mich bei der Stange; ich schuftete, ohne hochzublicken, und hatte Muskelschmerzen, wo kaum Muskeln waren. Ich arbeitete genauso lange wie die anderen, oft länger – aus Angst vor Erwin, dem Aufräumer, und weil ich hoffte, daß die Schleifer, Hobler, Lackierer um mich herum endlich aufhören würden, blöde Blicke nach mir zu werfen. Aus irgendeinem Grund schienen die meine Anwesenheit nicht zu verdauen. Na, Mädchen, auch wieder da, äußerte Erwin jedes Wochenende mit einem gewissen Unterton, den ich mir nicht deuten konnte. Von Jungefrau zu Mädchen, weit hatte ich's gebracht.

Bis ich es dann eines Abends begriff. Ich hatte bis in die Dunkelheit hinein gegen die unendliche Fläche angekämpft, die noch zu schleifen war, und ging über die Straße zur Kneipe hinüber. Drinnen war es warm, hell und sehr voll. Da saßen sie alle. Es wurde einen Moment still, als ich hereinkam. Zuerst glaubte ich, es sei wegen meiner Arbeitsklamotten, ich trug noch die zerschabte Jacke und die bekleckerten Hosen. »Die Gäste werden gebeten, die Gaststätte in dezenter Kleidung zu betreten.« Ich hängte den Pudel an den Garderobenhaken neben der Tür und ging durch den Raum zur Theke. Und nun las ich es in den Blicken. Die Männer saßen Ellenbogen an Ellenbogen, mit roten Gesichtern, warm vom Schnaps und vom Reden. Sie hatten ihre Seeräuberkostüme schon vertauscht gegen die Stadtkluft, zunftgemäß unterschieden in Lederjacken, Windjacken und Sakkos. Fremd sahen sie alle aus, noch nie hatte ich sie so gesehen. Erwin in seiner abzeichengeschmückten Anzugjacke kam mir vor wie ein mißratenes Paßfoto. Der Kuttermensch hockte dazwischen, die Verzweiflung war aus dem Gesicht gewischt, aus seinen Augen leuchtete Gemeinschaftsglück: ich gehör dazu.

Hau ab, sagten die Blicke. Mach dich dünne. Hier nicht. Hier sind wir unter uns und wollen es bleiben. Hier habt ihr nichts zu suchen, ihr und die Gören, die wir sonst Großer, Kleiner, Süße, Mausi, Liebling nennen. Hau ab, hier kommst du nicht rein. Wir machen den Zirkus die ganze Woche mit, von Montag bis Freitag, mit euch und sonst auch, das reicht. Am Sonnabend und Sonntag wollen wir nicht erinnert werden, da machen wir, was wir wollen, da machen wir, was wir können, da können wir alles, da sind wir die Macher, die Könner, die Meister. Ihr bildet euch ein, man hält sich ein Boot zum Segeln, für die zwei Monate im Sommer: wir brauchen es die übrigen zehn Monate. Luv an und zisch ab. Das hier ist unser Abenteuer, euch brauchen wir nicht. Euch nicht.

Ich trank meinen Saft an der Theke und ging.

VIII

Heimweh ist doch ein schönes Wort.

Ich sage es vor mich hin. Es klingt innig und eng. Kinder haben Heimweh, wenn sie zum erstenmal allein in die Ferien fahren.

Nach dieser jahreszeitlosen Stadt werde ich nie Heimweh haben. Nach einem Menschen hier ja.

Immer berührt es mich, wenn ich das weiße Dreieck eines Segels auf einer Wasserfläche sehe. Eine leise Berührung, die nicht Weh ist.

Wenn ich die Augen schließe, sehe ich einen Waldboden aus Nadeln und Moos. Das Bronzeleuchten der Kiefernstämme im Abendlicht. Das Absterben der unteren, zurückgelassenen Äste. Den roten und schwarzen Glanz der Brombeeren. Ich spüre ihren Geruch. Unverwechselbar ist das Geräusch des Regens auf dem See.

Heimweh ist auch eine Art von Liebe, eine schüchterne, nachträgliche.

Das Brombeergebüsch erobert den Wald auf eine eigene Art. Aus den Wurzeln wachsen starke, stachlige Triebe hoch, die weit ausholen, über andere Pflanzen hinweg einen Bogen schlagen, sich zur Erde senken und festwurzeln. Und von dort erhebt sich wieder ein Trieb, strebt hinauf, senkt sich endlich, wurzelt. Und so geht es weiter. Der Brombeerbusch, denke ich, ist eine heimwehlose Pflanze.

Geschichten erzählen gegen Heimweh.

Geschichten erzählen für Heimweh. In überaus alltäglichen Begebenheiten, in denen wir ja vorwiegend leben, das suchen, was uns berührt hat und was fortwirkt in uns. Trennungen empfinden und das Weiterranken.

Wer nicht fortkann, lernt es nicht kennen, dies schöne Weh.

Wer nicht fortwill, hat es im voraus. Mir fällt Kutte ein: »Wenn ick verreisen muß, kriege ick Magenschmerzen.«

Da hilft nur die Lötlampe.

Kutte brachte die Lötlampe mit, Verlängerungskabel, Anschlußstecker, ein Radio. Die Lötlampe zischte. Der Lack färbte sich bräunlich, warf kleine Blasen, ließ sich abschälen, Schicht um Schicht, Drachenjahr um Drachenjahr. Unter all den Frühjahrsrenovierungen, die nie abgetragen worden waren, kam ein festes weißes Holz zum Vorschein, ein schönes Holz: Lärche, wie im Meßbrief angegeben. Der weiße Lack verdeckte also keine Makel, wie die Verdächtiger ringsum gemutmaßt hatten. Es war ermutigend, die Hände auf die gesunden, hellen Planken zu legen, ich tat es immer wieder. Krättke und Erwin konnten nicht widerstehen. Sie kamen heran, guckten, faßten an, streichelten, tätschelten. Kutte schälte das Boot, daß die Lacklocken ringsumher flogen, ich folgte ihm mit einem sandpapierumwickelten Holzstück.

Männerhilfe. Erleichterung.

So trat Kutte in die Drachengeschichte, und so lassen wir ihn weiter in ihr auftreten: positiv. Wir sehen ab von ein paar Nebensächlichkeiten, die nicht in das Bild passen, und geben ihm diese Rolle. Seine Herkunft adelt ihn. Wir brauchen ihn. Ich brauchte ihn.

Kutte war hilfsbereit, das hatte er schon beim Ausbau des Waldhäuschens bewiesen, ein gefälliger Nachbar, treuer Kumpel, Rundumhandwerker, fleißiger Familienvater und so weiter. Kutte hatte eine Menge zu tun, sein Haus war noch immer im Bau, das Kinderzimmer mußte tapeziert werden, der Zaun war aufzustellen, der Nachbar brauchte eine Garage. Kutte war gelernter Maurer und mauerte damals noch bei KIM Hühnerzuchtbaracken. Nimm ein Ei mehr, sagte er, das sind die Folgen meiner Arbeit, jetzt gibts zuviel Eier. Kutte kam samstags früh zur Werft, arbeitete, die eine Flasche Bier nicht gerechnet, bis zwölf durch und ging. Mittags mußte er pünktlich sein, ich sah es ein, ich wollte es, genau wie er, mit Frau und Kind nicht verderben. Das Boot kam voran.

Mit Holz arbeite ich gern, das hab ich von meinem Vater.

Du, was willst du für diese Vormittage? fragte ich ihn eines Sonnabends. Mußt du mal sagen.

Ganz einfach, erwiderte er und blickte vom Bootsdeck, auf dem er kniete, über den See. Läßt mich eben
mal mitsegeln. Was soll ich sonst verlangen, was denkst
du denn? Ich weiß doch, daß du auch bloß 'n armes
Schwein bist.

Kannst du dir eigentlich vorstellen, daß dies das Net-
teste ist, was mir in diesem Winter gesagt worden ist?

Kutte deutete ein Lächeln an. Er fühlte sich auf den
Arm genommen.

Seit Kutte mitkam, hatte sich die Stimmung in der
Männerwerft verändert. Vielleicht war es meine Stim-
mung, weil ich nicht mehr so kaputt war, weil ich
manchmal schon Spaß daran hatte, weil ich das Ende
absehen konnte. Aber sie waren wirklich freundlicher.
Einzeln war ich unbegreiflich und verdächtig gewesen.
Spion auf fremdem Territorium. Ich hatte sie in ihrer
Fluchtburg aufgespürt.

Ich hörte Erwin unterm Boot. Die Ritzen ordentlich
auskratzen und spachteln! Kannst auch Fensterkitt
nehmen, wenn du keine Spachtelmasse hast.

Kitt nützt nichts, springt wieder raus. Feuchte Dek-
ken ins Boot, das Holz muß quellen! Das war Krättke.
Sie redeten mit Kutte. Natürlich mit Kutte und nicht mit
mir. Sie klangen zufrieden. Wir haben es doch gewußt,
das konnte ja nischt werden.

Is klar, sagte Kutte, der noch nie ein Boot überholt
hatte.

Sie sahen es bestätigt, mit einem Mann ging die Arbeit voran, ein Mann hatte den Dreh gleich raus; die

Frau, die sie mit Mädchen angeredet hatten, wurde zurückgestuft, zum Handlanger, zum Gib-mal- und Hol-mal-Befehlsempfänger. Eine Weltanschauung war gerettet. Sie nannten es natürlich nicht Weltanschauung, sondern Erfahrung.

Wenn die Ratgeber weg waren, setzten wir uns unters Boot und überlegten, was zu tun war. Erwins oder Krättkes Rat folgen, oder beiden? Oder noch mal woanders fragen? Lehrjahre sind keine Herrenjahre.

Mein Vater, sagte Kutte und öffnete eine Flasche Berliner Pils, der war wirklich ein Meister. Drechsler war er. Der konnte alles. Ich guckte ihm stundenlang zu als Kind. Diese Liebe zum Holz, die hab ich von ihm.

Bevor Kutte mit der Ziehklinge loslegte, drehte er am Radio. Auf die Schlager vom Samstagmorgen verzichtete er nicht. Westschlager, na und? Ich bin ein unpolitischer Mensch. Er drehte voll auf. Arbeit mit Vollkomfort, fügte er hinzu. Ich suchte Beschäftigung auf der anderen Seite des Bootes, aber der Wind wehte die Evergreens auch von den Hausbooten herüber und blies die Fetzen weit das Ufer entlang. Junge komm bald wieder bald wieder nach Haus Junge fahr nie wieder nie wieder hinaus. Der Lautsprecher dröhnte, Kutte sang mit, die Ziehklinge quietschte und ratschte zu tief ins Holz, das passierte ihm auch. – Dabei bin ich hier nie rausgekommen. Hier geboren, hier auf gewachsen, hier zur Schule gegangen und in die Lehre. Nur die Armee war ein Stück weiter im Norden. Hier geheiratet, hier die erste Wohnung, das Haus. Nee, aus Reisen mache ich mir nichts, ein paarmal war ich bei meinen Geschwistern in der Tschechoslowakei. Warum soll ich verreisen, wenn ich gerne hier bin? La Paloma ohe. Er sang mit den Seefahrern, den Fahrensleuten und den Landstreichern. Er sang mit den Frauenhelden, den unsteten Eroberern, die am Morgen lächelnd den Hut vom Haken nehmen. Valeska dieser himmelblaue Morgen, er mußte in die Fremde, küßte lachend zum Abschied, girls girls girls gibst du für schöne Fraun dein Geld aus dann sieht die Welt aus wies Paradies …

Ich hatte ihn stets als Helfer und Retter gesehen, unter dem Gesichtswinkel des Nützlichen: jung war er, wendig, stark, hatte Gefühl für Holz und wußte alles vom Mauern. Jetzt sah ich ihn, wie er sich sang. Ein kühnes Gesicht mit dunkelbraunen Augen, die manchmal ins Grüne spielten, dunkles Haar, dunkler Bart, die Narbe, reden wir nicht davon, wie es dazu gekommen war, alles in allem unwiderstehlich, ein Pirat, ein Eroberer.

Wir begannen mit dem Vorstreichen.

Kreuzweise, riet Erwin, sonst machst du Nasen.

Mindestens zweimal, sagte Krättke. Hast du innen geölt? Und vergiß die nassen Decken nicht.

Wir strichen. Ich pinselte kreuzweise. Die Nasen liefen die Planken herab. Die Farbe tropfte mir vom Bootsbauch ins Haar, lief rückwärts den Pinsel entlang und über die Hand in den Ärmel. Bei zweimal Vorstreichen (das kannst du am Sonntag machen, sagte Kutte) wurde das Boot achtzehn Meter lang. Ich setzte mir dabei verschiedene Bilder zusammen, aus Schlagerstücken, aus Kuttes Sätzen.

Dorf. Ich sollte doch nicht immer Dorf sagen. Nur ein kleiner Teil hieß »Dorf«, der wurde zur Unterscheidung so genannt, dort fand man noch eine heruntergekommene Gärtnerei und ein paar Kühe; der Ort aber war kein Dorf, sondern ein Bad. Schon vor dem Krieg, klar. Damals gabs die Häusler, die Rentnervillen, die ganz große Villa von Max Schmeling, den Bahnhofsplatz mit den Holzsäulen, die Solequelle und das Moorbad. Nach und nach siedelten sich die Handwerksmeister aus der Kleinstadt am See an, der Malermeister, der Fleischermeister, der Heizungsbauer, der Bootsbauer. Dann kamen andere Zeiten, der Malermeister und der Bootsbauer blieben, der Fleischermeister war eine Zeitlang abwesend, wegen eines verschobenen Schweins. Und dann kamen die Ärzte, die Leute vom Film, die Pianistin, der Käptn-Professor und der Dichter der Nationalhymne, der auch einen Drachen segelte. Hinter dem hohen Zaun waren die Freunde in Garnison, und manchmal, abends, zogen ihre Lieder über den See. Das Armeelazarett wurde gebaut und die Wohnblöcke für das Personal, und gegenüber der spitzgiebeligen Post im Blut-und-Boden-Backstein-Stil klotzten sie den Kaufhallenkasten hin, Großblockbauweise, und eine Holzbude für den Campingbedarf. In die noch freien Uferstücke zogen Minister und ihre Mitarbeiter und die Betriebsdirektoren und der Kreisparteisekretär und die anderen Leiter örtlicher Organe.

Doch kein Dorf.

Durch den Ort radelte Kuttes Mutter: Ich hatte sie noch gesehen, eine dürre grauhaarige Frau mit männlichem Gesicht und sanfter Stimme. Sie kam mit dem Fahrrad zu Kutte, eine halbe Stunde hin, eine halbe Stunde zurück, um im Haus ein bißchen zu helfen. Auch als Rentnerin hatte sie noch weiter gearbeitet, die waren froh über jede Arbeitskraft im Krankenhaus. Sie starb im Pflegeheim. Kutte war erschrocken, wie sie aussah im Tod, er erkannte sie nicht mehr.

Der Vater, Tscheche, war als Kriegsgefangener in den Ort gekommen, ins Arbeitslager. Die Mutter war damals Briefträgerin, geschieden, mit zwei Kindern. Als Kutte geboren wurde, war noch Krieg, da durfte nicht rauskommen, wer der Vater war. Der geschiedene Mann erkannte Kutte als seinen Sohn an. Das einzige Mal, wo er anständig gewesen ist, hat seine Tochter, die jüngere Schwester, gesagt.

Als der Krieg aus war, stand der Stepanek, Kuttes Vater, nach dem er nicht hieß, groß da. Konnte gut Russisch, war Dolmetscher bei den Russen, brachte Schmalzfleisch nach Hause und Schnaps. Er selbst trank nie, war schwer herzkrank. Er blieb im Ort, bei der Mutter. War Kommunist und verehrte Stalin, und zu Hause standen die gesammelten Werke. Später hat sie die Schwester mitgenommen, die zweite, sie nahm sich den Stepanek zum Vorbild und wurde Pionierleiterin. Sie heiratete einen komischen Typ und wollte unbedingt nach Berlin. Die hat immer übertrieben, sagte Kutte.

Kutte stand oft neben dem Vater im Schuppen und sah ihm zu. Der Vater baute alle Möbel selbst, er dachte sich alles allein aus. Als Kutte zehn wurde, starb er. Die Mutter ging viermal in der Woche zum Friedhof. Aus der Tschechoslowakei kamen später die Geschwister aus der früheren Ehe des Vaters zu Besuch. Das waren lustige, gemütliche Menschen, natürlich viel älter und mit anderen Sorgen.

Die älteste Schwester war schon lange weg, in Westdeutschland, bei Köln verheiratet. Nach dem Tod der Mutter schrieb sie einmal und fragte nach ihrem Erbteil.

Die zweite Schwester, die Pionierleiterin, zog nach Berlin und studierte. Mit ihrem Mann konnte Kutte kein Wort reden. Sie kam mal auf den Friedhof und deckte das Grab der Mutter mit Kiefernzweigen ab. Das Grab daneben, von Kuttes Vater, der nicht ihr Vater, aber ihr Vorbild gewesen war, rührte sie nicht an.

Als sie noch den Wechselkurs ansagten, hatte Kuttes Mutter jeden Morgen das Ohr am Radio. Und wenn es hieß, eins zu dreifünfundzwanzig, dann sauste sie los, nach Berlin, Fahrradteile kaufen. Der Vater baute die Fahrräder zusammen. Die Mutter holte auch Kaffee. Grünen natürlich, den sie zu Hause röstete. Wenn es anfing, nach Kaffee zu stinken, standen schon die ersten Kunden vor der Tür. Einmal waren sie hinter ihr her. Da ist sie in die Bahnhofstoilette. Acht Kilo Kaffee, einfach runtergespült, was sollte sie machen. Ein Vermögen weg.

Kutte stand um vier oder fünf Uhr morgens auf. Auch sonnabends, manchmal auch sonntags. Er arbeitete gern und richtete es so ein, daß er Abwechslung hatte. Ein kleines Bier bei der Arbeit war angenehm, nicht notwendig. Aus Kaffee machte er sich nichts, das kam noch von damals, von dem Gestank des gerösteten Kaffees zu Hause. Richtig einen in der Lampe hatte er selten. Abends trank er Nerventee, wegen dem vegetativen Nervensystem.

Und nun sag *du* mir mal, du bist ja herumgekommen und liest Bücher und Zeitungen in allen möglichen Sprachen, wie ist es denn woanders, wie leben die Leute dort? Mit meinen Schwestern kann ich darüber nicht reden, blöde, was? Müßte doch interessant sein, wenn sich eine Familie mal trifft und Erfahrungen austauscht. Die Schwester in Köln schweigt sich aus, ich glaube, sie hat Angst, wir würden sie um etwas bitten, um Jeans oder so. Meine Schwester in Berlin denkt, sie weiß alles, dabei quatscht sie nur nach, was sie von ihrem Mann hört, selbst ist sie nie rausgekommen.

Ich fühlte mich ernst genommen. Soviel begann ich schon zu begreifen: schlimmer als der Intellektuellenhochmut, der meist nur Schüchternheit war oder Ungeschick, war ein weitverbreiteter Handwerkerstolz, der sich auf seinen goldenen Boden berief und auf nichts sonst. Zu meinem Glück war Kutte kein Handwerker.

Es war dunkel, wenn ich sonntags zur Stadt zurückfuhr. Mein Kind holen. Mein vernachlässigtes Kind, mein Abgebe- und Abhol-Kind in der Woche, mein Ins-Bettbring-Kind abends, mein Großmutterkind sonntags.

Manchmal brachte ich es auch zu meiner Freundin Veronika, die immer half, wenn nicht gerade ihr Brennofen in Betrieb war. Unsere Kinder waren im selben Jahr geboren. Wir alleinstehenden Mütter! sagte Veronika mit solidarischer Geste, und schon war ich beschämt. Ich war nicht stolz auf meinen Stand, hatte ihn nicht gewählt wie sie. Vielleicht wäre ich für Bindungen, Bündnisse geeigneter gewesen. Vielleicht wäre mir ein Familienleben mit zwei Kindern besser bekommen und dem Kind auch.

Kind, mein Kindchen, dachte ich, während ich durch Schneereste und Frühlingsmatsch auf das Haus unter den hohen Bäumen zulief, dessen Fensterläden schon längst geschlossen waren. Kind, mein Kindchen, mein Perlchen, mein Bündelchen.

Mit Bedauern gab meine Mutter das Kind her. Wir haben in deinen alten Kinderbüchern gelesen, wir sind die Schwäne füttern gegangen, wir haben Eierkuchen mit Apfelmus gegessen, wir haben das Sandmännchen gesehen …

Ost und West, sagte das Kind mit braunem Funkelblick.

Sie sind ja beide kurz, und ein kleines bißchen Fernsehen schadet Kindern nicht, beschwichtigte meine Mutter. Es war ein schöner Sonntag, nicht wahr, Hanns? sagte sie zufrieden und zog ihm zärtlich sein Wollmützchen über die Ohren.

Sie hatte keine Schwierigkeiten, das Kind Hanns zu nennen. Sie sprach diesen Namen gern aus, der zu ihr zurückgekehrt war, den Namen meines Vaters, den ich ausgesucht und an den ich mich noch nicht gewöhnt hatte; nicht einmal dafür hatte ich Zeit.

Komm, Kindchen, sagte ich, sag gute Nacht.

Schlaf gut, Hanns. Und du auch.

Mit besorgtem Mißtrauen sah meine Mutter uns beiden nach.

Unter Erwins Kommando räumten wir eines Sonntags Schrott und Abfälle vom Gelände, die Männer stemmten Schienen aus dem Schlamm und entrosteten die Slipanlage.

Ich hatte das Boot innen geölt und nasse Decken auf die Planken gelegt, und als Krättke sagte, ein paar Eimer Wasser würden nicht schaden, schleppten Kutte und ich auch ein paar Eimer Wasser heran, schütteten sie ins Boot und sahen zu, wie es durch die Ritzen tropfte. Das Boot schien ein Sieb. Haltet die Pumpe bereit, der Kahn säuft euch in zwei Minuten ab, knacktrocken wie der ist, rief Erwin.

Langsam rollte der Bootswagen mit dem Drachen zum Wasser, die Schienen bogen sich. Losmachen, losmachen! schrieen die Männer plötzlich, denn der Drachen schwamm schon und war noch an seinem Wagen festgebunden, die schützenden Deckenwulste hingen im Wasser: der Drachen schwamm.

Ich hatte eine Flasche Korn mitgebracht, die war gleich leer, auch der Kasten Bier, der neben der Slipanlage stand, ging zur Neige. Das nächste Boot rollte zum

Wasser, die Stimmen wurden lauter. Dann war Erwin dran. Das Boot, an dem er drei Wochen gekittet und gespachtelt und kalfatert hatte, um es dicht zu kriegen, lief voll Wasser, sackte ab wie ein Stein, ging auf Grund. Wir ließen Erwin am Steg und gingen rüber zur Kneipe, ich wurde geduldet wegen der Flasche Korn und im Gefolge von Kutte.

Bis zum Abend wurde weitergeslipt, zuerst die Boote, die im Freien standen, dann die Boote aus dem Schuppen. Unter dem noch immer hellblauen Abendhimmel stand schließlich Krättkes Kreuzer allein auf dem Gelände, wie vergessen. Es war still. Vom Wasser her kam das leise Plätschern der nun wieder schwimmenden Boote. Krättke hantierte in seiner Kajüte. Ich blieb unter dem Boot stehen. Nanu, gehen Sie nicht zu Wasser heute?

Was soll ich aufm See? sagte Krättke. Ich hab noch genug zu tun an dem Boot. Was soll ich aufm See? Jetzt hab ich endlich meine Ruhe hier.

IX

Das Gartenlokal ist von Hecken und Bäumen geteilt, so
daß man es nicht übersehen, die Hunderte von Gästen
an den langen Tischen nicht zählen kann. Hinter Büschen und Wiesen fließt der Tiber, man spürt die Abend-
kühle, die von dort herüberweht. In der Gartenmitte
hantiert ein halbes Dutzend Köche an einem gemau-
erten Grillherd, zwischen Stapeln von Kalbsschnitzeln,
Lammkoteletts und Rindersteaks. Fett tropft zischend.
Schwitzend kommen die Kellner aus ihren Gartenstük-
ken und rufen Bestellungen, andere schleppen Platten
mit Nudelbergen unter öligroten Soßen vorüber. Der
Wein wird in Krügen serviert, der Wein ist sehr gut,
Flaschenwein zu bestellen beleidigt den Padrone. Der
Tisch war vorbestellt, die Herrschaften mögen Platz
nehmen. Im Sommer ist es jeden Abend so voll hier. Die
gemischte Vorspeisenplatte, Schinken, Salami, die Spe-
zialitäten des Chefs?

Ein kleiner Hund setzt sich auf meinen Fuß. Ein eng-
lischer Welshterrier, erklärt mein Gegenüber, eine junge
Dame mit braunem Pferdeschwanz. Der Hund ist sehr
klein, sie hat ihn aus London mitgebracht, er paßt auf

meinen Fuß und heißt Attila. In einem Körbchen kann man ihn überallhin mitnehmen, in Paris war er mit und auf den Kanarischen Inseln. Da wir keine Kinder wollen, sagt sie, und sie wirft einen blanken Blick zu ihrem Mann hinüber. Der sitzt ein paar Plätze weiter links, Tennisspielertyp und polnischer Name, vielleicht Adel, und redet englisch auf seinen Nachbarn ein. Eigentlicher Mittelpunkt dieses römischen Abends, obwohl nicht anwesend, ist aber der Vater der jungen Dame. Er besitzt die Hauptanteile an einer Mittelmeerinsel, auf der vielleicht ein Hotel gebaut werden soll. Dieses Vielleicht hat uns hergebracht, aber heute, an diesem warmen Abend sieht es schon so aus, als würde sich keiner finden, der in dieses Unternehmen investieren möchte, und die Felseninsel des Cavalier Zorilli, im Mittelmeer westlich von Sizilien gelegen, wird noch eine Weile ein Brutplatz der Seevögel bleiben.

Pietro, der schon beinah mit einem Auftrag gerechnet hatte, sitzt am anderen Ende des Tisches; er ißt, redet und lacht, trotz einer fehlgegangenen Hoffnung. Er kann das besser als ich, ich denke daran, daß wir auf Kredit leben.

Neben mir ist von Booten die Rede, unwillkürlich höre ich zu. Eine Jacht soll verkauft werden, eine Jacht, die dem Avvocato Cassola gehört. Ein gutes Boot, sagt der Avvocato, Melancholie in der Stimme, aber die Jahre vergehen, und er weist auf sein Haar, in dem sich Schwarz und Silber mischen; ein Klasseboot, mit neu eingebauter Pilotsteuerung und automatischer Peilungsanlage. Jedes Jahr war ich auf dem Mittelmeer, jedes Jahr, von Spanien bis nach Griechenland.

Wie schade, Onkel, sagt die Pferdeschwänzige. Aber warum denn nur? Rheuma? Das tut mir leid.

Ich versuche mir die Jacht auf ihren Kreuzfahrten im Mittelmeer vorzustellen, mit Pilotsteuerung und automatischer Peilungsanlage. Aber ich sehe immer nur den weißen Drachen. Den hohen Mast, die geschwungene Kiellinie. Das schönste Boot. Das Boot der Boote.

Ich habe auch ..., sagte ich beinah. Ich habe auch ... Ich bin auch ... Aber es bleibt hinter den Lippen.

Du hast dir doch schon immer ein Boot gewünscht, sagt der Tennisspieler zu seiner Frau. Wollen wir es uns nicht einmal ansehen?

Sie wären die Richtigen, sportliche junge Leute mit Nerven, Zeit haben sie, nur der kleine Hund Attila würde Angst haben, das Mittelmeer ist wellenreich und tückisch.

Die Wahl fällt schwer zwischen den Desserts. Die Mandeltorte ist hausgemacht, die Vanillecreme schimmert gelblich unter dem braunen Lack des Karamells, das Eis zerfließt im warmen Abend unter kleinen Bächen von Whisky und Grappa.

Fünfzig Millionen würde die Jacht kosten.

Wir sollten sie uns wirklich einmal ansehen.

Es hat mich gefreut, Sie kennenzulernen. Die Tochter des Inselbesitzers setzt ihren Hund ins Körbchen. Sie hat ein paar Semester in Oxford verbracht und hält mich für eine Engländerin, wegen meiner Wortkargheit.

Good-bye. Danke für die Einladung. Es war ein schöner Abend, in Rom versteht man zu leben.

Auf der Rückreise nach Mailand spiele ich Domino: Steine aneinanderrücken. Die Jacht – der Drachen. Die Mittelmeerinsel des Cavalier Zorilli – die kommunalen Kiefern am märkischen See. Die Pferdeschwanzdame – du liebe Güte, wie schnell und oberflächlich, wie passend ins Schema. Ein Vergleich hätte doch nur anekdotisches Aroma. Aber schon legt sich ein Glanz über die nördliche Ferne, die den Drachen und meine Bilder beherbergt. Trennung produziert eigene Wirkungen.

Eine Art Haltegriff vielleicht, diese Geschichte. Eine Angestellte, in ihre versponnene und ziemlich nutzlose Tätigkeit der Bearbeitung literarischer Produkte verliebt, wird durch Umstände, die weder besonders dramatisch noch merkwürdig sind, abgetrieben in den Alltag, den sie verachtet hatte, in die anstrengende Dauerbalance zwischen Qualitätsmängeln und Versorgungsengpässen, Material und Handwerkern, Kaufen und Verkaufen, Müdigkeit und Wut: in jenen großen und so glanzlosen Teil der Wirklichkeit. Und sie mahlt in der Mühle, spielt das Spiel, das kein Ringelspiel und kein Reigen wird: ein Lehrstück eher, zäh und detailbeladen, aber rechthaberisch, eben nach der Art der Lehrstücke. Ob sie dann an einem Punkt, den wir nicht Ende nennen wollen, belehrt oder unbelehrt daraus hervorgeht, ist nicht wichtig. Wichtig ist, daß sie daraus hervorgeht.

Latex hat, im Gegensatz zu Bootslack, einen unangenehm säuerlichen Geruch. Aber es hat Vorteile: es ist wasserlöslich, leicht streichbar, kann dünn oder pastös aufgetragen werden und wird, einmal getrocknet, zu einer abwaschbaren Kunststoffschicht. Alle sprachen von Latex, alle strichen mit Latex Mauern, Wände, Türen, Läden. Darum war es auch nicht zu haben. Ich war durch sieben Farbengeschäfte gerannt, in Mitte, Karlshorst, Schöneweide und Köpenick, und hatte schließlich drei Büchsen errafft. (Aber ich bemerkte auch, daß mir das Gefühl, etwas erobert zu haben, früher bei so trivialen Dingen nicht zuteil geworden war.)

Im Winter hatte ich das Boot nicht mehr in die Männerwerft gebracht. Es kam auf Kuttes Grundstück, stand dort ein wenig schief an eine Kiefer gelehnt, einfallsreich und provisorisch abgestützt, fremd und wie verloren, dafür aber frei zugänglich, ohne Reden, Ratschläge, Terminzwänge, Ordnungsvorschriften. Der Transport dorthin war allerdings viel komplizierter, geradezu unfallheraufbeschwörend und bruchheischend. Aber es war nichts passiert, genügend Korn und Wodka hatten bei Kuttes Kumpeln gute Stimmung und Zupackwillen erzeugt.

Inzwischen lag das Boot im Wasser. Es war Mai, die Latexnachfrage war zurückgegangen, ich bekam drei Büchsen und mußte das Deck nun am Steg streichen. Gleich den nächsten Sonntag fuhr ich hinaus. Wolken hingen über See und naßgrünen Ufern und drohten, mit dem nächsten Guß die wasserlösliche Farbe wieder abzuspülen. Streichend kroch ich rückwärts, vom säuerlich riechenden Weiß verfolgt, angestrengt bemüht, das Weiß nur aufs Deck und nicht auf die Mahagonileisten zu bringen, die ich eigentlich hätte vorher abschrauben müssen. Es war schwieriger, als ich gedacht hatte. Die Anlegeenden störten, Hände und Füße schienen von ihnen umlauert und gerieten dauernd in Fallen. Der See schwappte kühl und grünlich ums Boot.

Als der Drachen im Frühjahr noch aus der Werft am Nordufer kam, war auch das Deck jedes Jahr überholt worden und kehrte glatt und glänzend zurück; nie hatte ich mir über seine Beschaffenheit Gedanken gemacht. Die enthüllte sich erst jetzt. Die Oberfläche wurde plötzlich rissig und warf sich; jemand erklärte mir, das Deck bestehe aus Leisten, die mit Leinen überspannt seien. Das müsse alles runter, nur gebe es kein Leinen und niemanden, der eine so komplizierte Arbeit heutzutage noch ausführen wolle. Hilfe fand ich selten, oft aber Leute, die mit fachmännischem Ton und nicht ohne Vergnügen deprimierende Prognosen stellten. Der Werftmann. Erwin. Krättke, und so ging es weiter. Da es sich nicht um Holz handelte, fühlte Kutte sich nicht kompetent. Von den umgehenden Latex-Gesprächen absorbierte ich das Wort pastös und schöpfte Hoffnung. Schon sah ich die pastose Masse, den willigen Brei in die häßlichen Ritzen eindringen, sah Unebenheiten und Löcher wunderbar ausgefüllt und geglättet, eine stumpfweiße Oberfläche hergestellt, gut begehbar, wasserdicht und abwaschbar.

Na also.

Unter den drohenden Regenwolken brachte ich die Arbeit zu Ende und fuhr zur Stadt zurück. Die Ritzen und Unebenheiten waren zwar nicht verschwunden, aber weniger sichtbar. Ich hoffte und legte eine gewisse Anstrengung in dieses Hoffen, daß es nicht regnen würde. Kurz bevor ich fertig geworden, war mir der farbgesättigte Pinsel ins Wasser gefallen und hatte, in langsamen Drehungen zum Grund sinkend, einen milchigen Wirbel erzeugt. Ich konnte mir das Boot im Regen vorstellen: weißlich triefend, in einer riesigen trübweißen Wasserwolke.

Ich fuhr zur Stadt zurück. Der Sonntag war draufgegangen. Wieder einer. Ich stocherte in liegengebliebenen Arbeiten. Beruflich war ich nicht besonders erfolgreich. Meine einstigen guten Voraussetzungen, eine versponnene Liebe zur Literatur, Fleiß und der Familienstand »alleinstehend«, waren verkommen und vertan, wie es oft bei einer anspruchsvollen Bindung passiert. Mein Forschungsbericht, den ich mit Elan begonnen und trotz aller Widrigkeiten, von meiner Entdeckung beflügelt (»Konturen des neuen Menschen in den Frauengestalten der …« hatte ich die Arbeit überschrieben), zu Ende gebracht hatte, war auf wattiges Wohlwollen gestoßen, nicht ohne die Warnung meines freundlichen Professors, die Nachahmung sozial anders determinierter Feminismen zu meiden. Vorsicht vor der modischen Emanzen-Attitüde! Nein nein, keine Ablehnung, ich stand schließlich im Frauenförderungsplan, ich sollte nur vom Empirischen wegkommen und die

Höhe allgemeiner Begriffe wiedergewinnen; die theoretisch-philosophische Grundlage erarbeiten, um meine Thesen draufstellen zu können.

Nur gut, daß ich nicht von meiner wichtigsten Entdeckung gesprochen hatte, dem Fleischwerden des Gelesenen, wie es mir geschehen war im Hungerwinter in der Männerwerft.

Flaute. Windstille. Ich hatte meinen wissenschaftlichen Glauben verloren, die regierenden Götter wechselten schnell und hießen Erwin oder Krättke oder später Herr Wamme, die Parzen hatten ihren Sitz im »Pavillon«, in der Mitte der Stadt. Ich hatte noch eine Anzeige aufgegeben, diesmal in einer Sportzeitschrift, mit Preis und Telefonnummer. Ohne Erfolg.

Aber eben an diesem regendrohenden Maisonntagabend, als ich das Deck mit dem hoffnungspendenden Latex gestrichen hatte und nach Hause kam, rief jemand an. Männerstimme, nicht jung. Er habe die Anzeige im »Segelsport« gelesen. Ob es sich wirklich um einen Drachen handele. Ob er noch verkäuflich sei. Er komme gerade von einer Dienstreise zurück, aber nun sei ja schon Mai und das Boot liege wohl längst im Wasser. Tja. Man müßte es sehen. Am Freitag werde er zu einer Dienstbesprechung im Ministerium in der Hauptstadt sein. Ob ich am Nachmittag …?

Alle Pläne umschmeißen, Haushaltstag nehmen: Ja, ich konnte.

Ich stieg an einer Straßenecke zu, die er mir angegeben und die er offenbar von seinen Dienstreisen kannte.

Er war pünktlich und identifizierbar, grauer Shiguli mit nördlicher Nummer, er kam vom Norden, das hatte ich schon am Telefon gehört, diese plattgedrückte Aussprache, die nach Sparsamkeit klang. Die Unterhaltung entrollte sich von selbst, ich erklärte die Straße, die wir fahren mußten, der Mann, den Fuß tief auf dem Gaspedal, redete von Shigulis, vom sportlichen Fahren, von Benzinpreisen in anderen Ländern. Fahren Sie auch?

Wir durchquerten die Rieselfelder am Stadtrand, von den Maisäckern wallte feuchter Gestank. Schwere Wolken hingen über uns und erfüllten mich mit Besorgnis.

Wohl Trabant, was?

Wartburg, log ich. Ich merkte, wie in mir ein Ärger keimte, sah ihm an, daß er mich in die nächsthöhere Kategorie aufrücken ließ. Ich nahm die Gelegenheit wahr, um von meiner technischen und handwerklichen Hilflosigkeit zu sprechen.

Warum wollen Sie es denn verkaufen, das Boot? fragte der Mann leichthin und warf einen füchsischen Blick in meine Richtung.

Lieber Mann, was denkst du denn, was ich dir jetzt erzähle? Soll ich dir sagen, ich habe die Schnauze voll von diesem alten Kahn? Soll ich dir sagen, daß ich es satt habe, alle Sonntage im Frühling zwischen Büchsen mit Farbe zu verbringen, so satt, daß ich im vorigen Sommer keine Lust hatte, die Segel hochzuziehen? Soll ich dir verraten, daß ich pleite bin, daß ich für dieses Boot alle meine Ersparnisse ausgegeben habe, denn für mein Lächeln tut keiner einen Handgriff? Soll ich dir verraten, daß ich nur eins will: es loswerden; soll ich dir gestehen, daß ich ein Idiot war, es zu kaufen, und daß ich alle für Idioten halte, die es kaufen würden?

Ich hänge sehr an dem Boot, sagte ich gedämpft und bemerkte, daß der Mann eine zu kleine Nase hatte. Das Boot war gewissermaßen Familienbesitz, aber jetzt bin ich allein, und wie Sie wissen, kann man einen Drachen nicht allein segeln … Ich versuchte durch einen zögernden und vertraulich-schmerzlichen Ton bei ihm ein feinfühliges Aussparen des Themas zu bewirken, aber er ließ sich nicht abbringen.

Allein? hakte er nach, wollte es genau wissen, ließ sich nicht auf Geschichten ein: Geschieden?

Das Ja beruhigte ihn. Er sah kurz zu mir herüber, den Hinterkopf an die Rückenlehne gestützt, die Schultern entspannt, die Hände lose auf dem Lenkrad; aber mir war es, als ob sein Blick auf mir bliebe, auf mir herumtrampele, über mich hinlatschte. Dieser zirpende Neugierton: Geschieden? Eine, bei der mans versucht ohne Risiko, eine, bei der man sich nicht festlegen muß. Eine schlechte Position für einen Bootsverkauf. Ein Kind kriegen war zehnmal besser. Ach, die männerkennende, männerverachtende Malerin damals mit ihrem kleinen und nützlichen Bauch.

Er würde es sich zutrauen, einen Drachen allein zu segeln, sagte der Mann und beschleunigte. Für eine Frau sei das nichts, klar. Da hatte ich ihn, wo er hinsollte, von ganz allein war er daraufgekommen. Zur technischen Intelligenz gehöre er, hatte er vorhin gesagt, da habe er seine Erfahrungen. Frauen verstanden nichts von Autos und noch weniger vom Segeln. In einem Sturm konnte man sich nur einen Mann vorstellen, der unbeirrt das Ruder legte und die Segel reffte, während Frauen sich jammernd in der Kajüte versteckten. Ich hatte es ihm angesehen, daß er zu denen gehörte, die so dachten, aber dazu brauchte man nicht viel Spürsinn: die meisten gehörten dazu, Männer und Frauen.

Es hatte geregnet draußen am See. Der Wald dampfte. Der Steg war glitschig. Das Boot lag mit leuchtend weißem Deck im spiegelglatten Wasser. Das Latex hatte also noch rechtzeitig vor dem Regen angezogen. Das Boot sah schön aus, verführerisch schön, in all diesem Grün und Grau, auch der Shigulimann war betroffen.

Ich löste die Persenning, der Mann ging an Bord. Bei jedem Schritt, den er auf dem weißen Deck machte, zuckte es in mir. Aber an diesem Tag hielt die Farbe. Sehen Sies selbst an, sagte ich und gab mich gleichgültig.

Der Mann kroch auf dem Boot herum, guckte in die Kajüte. Die Planken tastete er nicht ab. Er prüfte nicht das stehende Zeug. Er sprang zurück auf die Plattform und stellte sich vor das Boot hin. Der Transport, überlegte er laut, der Transport wäre schwierig. Bis zur Müritz. Spezialfahrzeuge. Einen Bootswagen bauen lassen. Den Betrieb einschalten, die Genossen von der Wasserwirtschaft. Bezirksebene.

Schalte ein, laß bauen, fahr ab, kauf. Ich sagte nichts.

Der Mann wußte nicht recht, was er noch ansehen sollte. Die Beschläge, sagte er schließlich. Die sind ja schon ein bißchen rostig. Jetzt hatte er etwas gefunden, wollte handeln, fühlte sich wie beim Pferdekauf, fand sich schlau.

Er wirds nehmen, dachte ich, er wirds nehmen.

Müßte man auswechseln, redete er weiter, von drüben besorgen, teuer das Zeug. Bei der nächsten Dienstreise …

Ich hielt den Mund. Er wirds nehmen, ach, er wirds nehmen.

Er stand vor dem Boot, guckte. Auch sein Profil gefiel mir nicht, vielleicht wegen der zu kleinen Nase. Ein weißer Drachen auf der Müritz, murmelte er, könnte gut aussehn, das macht was her. Er hatte die Augen zusammengekniffen und schaute aufs glatte Wasser hinaus. Dort draußen, in der Seemitte, sah er sich wohl selbst, mit schwerer Krängung hart am Wind dahinbrausend, im weißen Drachen.

Ich konnte ihn mir nicht vorstellen. In mir sträubte sich etwas. Der unsinnige und gefährliche Gedanke wurde immer stärker, daß dieser Mann zu diesem Boot nicht paßte.

Tja, sagte der Mann. Das Boot sagt mir schon zu. Es entspricht meinen Vorstellungen so ziemlich. Und wie war doch der Preis?

Er wußte ihn. Er hatte ihn in der Anzeige gelesen, ich hatte ihn am Telefon genannt. Siebenfünf, sagte ich mit angestrengt geduldigem Lächeln. Ein niedriger Preis, das müssen Sie zugeben, aber ich bin eben in einer schwierigen privaten Situation.

Der Mann ging noch mal an Bord. Ich ließ ihm Zeit. Der See spiegelte Abendwolken, rosa und lila. Vielleicht war es mein letzter Nachmittag beim Boot.

Steckmast, Kiefer, murmelte ich, als er am Mast hochschaute. Aber er ging nicht darauf ein. Vielleicht wußte er nicht, daß ein Steckmast immer Ärger machte. Oder er hatte einfach alles, auch einen Kran, um einen Steckmast zu setzen.

Das Großsegel hat aber mächtige Flecken, sagte er plötzlich, und das Mecklenburgische klang penetrant durch. Ist die Fock auch so mies?

Mich ärgerte das Wort mies, ich begriff nicht, worauf er hinauswollte. Mein Gott, sagte ich obenhin, ist halt Baumwolle, gilbt ein bißchen, natürlicher Verschleiß, segelt sich aber ausgezeichnet.

Wer segelt denn heute noch mit Baumwolle. Nylon! Nylon! Ein Segel muß weiß sein, es soll doch nach was aussehen.

Auf der Rückfahrt rechnete er mir vor, was ihn neue Segel kosten würden. Wenn er das zu dem Preis dazurechnete, wurde das Boot einfach zu teuer, das mußte ich einsehen.

Sie wissen selbst, daß der Preis niedrig ist. Wenn ich nicht in dieser Lage wäre, würde ich es gar nicht dafür hergeben, sagte ich freundlich und unerbittlich.

Der Mann setzte mich an der S-Bahn ab, lächelte und hob grüßend die Hand, bevor er davonbrauste. Wir wollten »die Sache bedenken«, hatten wir ausgemacht, aber ich hatte nicht die Absicht, etwas zu bedenken. Er würde noch ein bißchen handeln und dann nachgeben. Zwei Tage später rief er an. Als ich seine Stimme hörte, war ich mir meiner Sache ganz sicher. Er fing gleich von dem Segel an. Ich solle ihm entgegenkommen und fünfhundert Mark runtergehen.

Nein, sagte ich, tut mir leid.

Tja, antwortete er. Dann tut es mir auch leid.

Zwei Wochen später hatte das Deck schon gelbliche Regenwasserflecke, kurz darauf zeigten sich die ersten Risse. Das Latex hielt sein Versprechen nicht.

Könnte man meine Dickköpfigkeit anders nennen als Dummheit? Oder war da immer noch Anhänglichkeit, ein beharrliches Festhalten, nicht mehr an dem Boot, aber an den Schatten, die es trug, auch an dem eigenen?

Ich verkaufte das Boot nicht. Im Herbst, als ich mit Hanns allein auf dem See war, zerriß uns der Wind das Großsegel. Ich mußte ein neues nähen lassen. Es war aus Nylon und sehr teuer.

X

Der See ist zwölf Kilometer lang und an der breite-
sten Stelle zwei Kilometer breit, ein langer Einschnitt
im märkischen Hügelland; einer der vielen Seen, die
untereinander durch schmale, meist flache Wasserläufe
verbunden sind, Seegeschwister, alle einander zum Ver-
wechseln ähnlich in ihren Eigenarten, mit ihren Anhöhen und Kiefernwäldern, den Sumpfwiesen in den
Niederungen, den Laubwaldstreifen an den Ufern. Um
die Seeränder wachsen die Orte, Ferienlager, Bunga-
lowdörfer; Wochenendhäuser wuchern und drängen
zum Wasser und umzingeln gelbsandige Badestrände,
aber noch gibt es dichtgrüne Waldstücke, stille Morast-
flecken, nistende Schwäne. Die Landschaft atmet ruhig. Eine Rentnerlandschaft, sagte mein Vater mit iro-
nischem Mundwinkel, weil er sich selbst nie für einen
Rentner hielt, ich würde gern wieder malen, jetzt, wo
ich Zeit habe, aber mit dieser Landschaft kann man
nichts anfangen.

Der See zeigt wie eine Kompaßnadel in Nord-Süd-
Richtung, mit einem Knick in der Mitte, an der breite-
sten Stelle; dort bläst der Wind am stärksten und ändert

oft unerwartet die Richtung. Bei Südwest oder West, die am häufigsten wehen, kommen die Segler den See in einem Schlag hinunter. Wie Schwärme erscheinen an solchen Sonntagmorgen die Boote am Nordufer, wo das »Bad« liegt, wie Vogelzüge brechen sie auf, alle mit dem gleichen, geheimen und offenkundigen Ziel, und nachdem sie mittags in den südlichen Buchten gelegen haben, ziehen sie wieder nordwärts, immer in dieser gleichförmig-freien Schwarmbewegung, diesem Hinunter und Hinauf.

Wenn der Wind stärker wird, duckt sich der Wald, die Kiefern neigen sich, fangen das Brausen ab, nur über dem See rast es eine Weile, bald von der mäßigenden Geste der Höhen besänftigt. Nur der Ost macht eine Ausnahme, er hat etwas Unzähmbares, Unerschöpfliches, Ruheloses, auch in der Nacht gibt er keinen Frieden und zerrt an den Bäumen und den festgemachten Booten. Und plötzlich ist er verschwunden. Selten nur kommen die großen Gewitter, einmal im Jahr vielleicht, die maßlos ausbrechende Wut, die über dem See hängenbleibt, nicht von ihm loskommt, wie gefangen von seinem nächtlichen Spiegel, ihn grollend und tobend umkreist und sich in immer größere Wildheit steigert. Krachend fahren die Blitze herab, die Kiefern neigen sich ächzend. Am Tag danach ist der Waldboden mit heruntergerissenen Ästen übersät, an den Molen sind Boote untergegangen und losgerissen, und einige große Bäume am Seerand, die Eichenriesen und die verwegen über sie hochgewachsenen Birken, haben in ihren Rinden schwarze Narben, die von einem vorangegangenen Kampf noch zu bluten scheinen.

An diesem Sonntag ging ein leichter Südwest, sanft, beinah schwächlich, der nachließ und hin und wieder ganz einschlief. Dann verwandelte sich die Wasseroberfläche in Glätte, wie Eis. Aber es war warm, hinter einem Schleier schien die Sonne, See und Ufer flimmerten in einem dünnen Dunst.

Das Boot war auf der Seemitte angekommen. Vorn, auf dem Bug, lag Veronika, die sich vom wasserreflektierten Licht Bräunung erhoffte. Sie lag bäuchlings, kehrte dem Himmel einen breiten Rücken und ein starkes Gesäß zu, weißgelbliche Haut, von zwei Stoffstreifen unterbrochen. Ihr langes blondes Haar, im Nacken zusammengebunden, ergoß sich aufs Deck. Ich saß auf der Steuermannsbank, sonntagsmäßig weder in Kleidung noch Haltung, und beobachtete mit zusammengekniffenen Augen das Standerfähnchen an der Mastspitze, das unsicher dem matten Wind antwortete.

Zwischen mir und der auf dem Bug ausgestreckten Veronika saßen zwei Männer und ein Mädchen; die zwei kleinen Kinder hatten wir an Land gelassen.

Vom Dampfer aus, der in Ufernähe auf der Ostseite vorbeituckerte, konnte man uns gut sehen. Im nachmittäglichen Gegenlicht mußte das Boot fast schattenhaft, durchsichtig erscheinen und gleichzeitig weiß vor dem Graublau des Sees und dem diesigen Rahmen der Hügel.

Die Sonntagsausflügler äugten aus der Bedrängnis des Dampfers zu uns herüber: ein still dahinziehendes Segelboot mit einer fast nackten Frau auf der Spitze, das war wie ein Bild: die lassen sichs wohlsein, die leben; so könnte das aussehen: das Leben genießen.

Vroni, sagte ich leise, denn der Wind trug die Stimmen weiter, Veronika, paß auf: die Dampferwellen.

Veronika, die eben versuchte, mit der Hand die Wasseroberfläche zu erreichen, und sich dazu weit über den Bordrand hinabbeugte, so daß ihr Haar hinabglitt und die Spitzen in den See tauchten, rutschte zurück und umfaßte mit beiden Händen die Klampe.

Die Wellen kamen glatt und geschmeidig heran. Das Boot, das wenig Fahrt machte, wurde hochgehoben und geriet in eine taumelnde Seitwärtsbewegung, die vom Dampfer aus sicher lächerlich wirkte. Ich mußte die Schulter gegen den Großbaum drücken, damit das Boot nicht aus dem Kurs geriet.

Der Wind schralt, sagte Klaus neben mir und griff mit vorsichtig korrigierender Bewegung nach der Ruderpinne.

Bitte, gib nicht an, Vati, sagte Konni von vorn mit ihrer schrillen Mädchenstimme, als müsse sie die Aufmerksamkeit der anderen auf sich richten, besonders die ihres Banknachbarn. Georg hielt die Fock und legte Anstrengung in diese Beschäftigung. Er zog und stemmte, daß mir schien, er wolle ein Gefühl des Überflüssigseins wegarbeiten, das ihm dies volle, zu volle Boot gab, die grelle Stimme des Mädchens neben ihm und auch mein Schweigen. Was sollte ich sagen? Er hätte nicht uneingeladen hier aufkreuzen sollen. Der dünne Wind machte sein Ziehen und Zerren noch lächerlicher. Konnis dunkler Blick war auf ihn gerichtet, während sie ihren Vater angriff. Er solle das Mädchen vorsichtig behandeln, hatte ich Georg bedeutet, während wir ins Boot gestiegen waren.

Ich nahm die Hand von der Pinne und überließ das Steuern Klaus: Bitte, wenn es dir soviel Spaß macht.

Klaus war häufig an den See gekommen, erst um sich Rat zu holen in seiner Scheidungsgeschichte– warum eigentlich bei mir, hatte ich nicht begriffen –, später, um zu segeln. Es war schwer, einen Drachen allein zu segeln, bei frischem Wind brauchte ich einen zweiten Mann. Klaus kam einmal, er kam ein zweites Mal und kam wieder. Er fand sich auf dem Boot sofort zurecht, faßte zu, segelte den Drachen voll aus, war angenehm sachlich. Und dann war ja Konni immer dabei, das war auch gut.

Klaus steuerte. Der Himmel mit seinem silbrig-unentschiedenen Licht weckte in mir ein ungutes Gefühl. Und das Boot war zu voll. Georg war plötzlich am Vormittag unter den Bäumen aufgetaucht, verschwitzt von einer langen Fußwanderung und zufrieden lächelnd, weil er mich endlich aufgestöbert hatte, mit einer Flasche Wein und einem eben gekauften Rosinenkuchen, war erschrocken, als er die anderen in Liegestühlen vor dem Haus sitzen sah, konnte aber schon nicht mehr zurück. Ausdrücklich eingeladen hatte ich eigentlich nur

Veronika mit Martin, nach vielen Verabredungen und Verschiebungen – wie ich alle Freundinnen verschoben und vernachlässigt hatte, seit das Boot mir anhing. Ich hatte gehofft, daß sie Klaus auf andere Gedanken bringen würde, weg von dem endlosen Kreisen um sein Ehemißlingen. Jetzt lag sie da vorn auf dem Bug, meine Freundin, von der andere sagten, sie sei träg und egoistisch, während ich sie eher ängstlich und verschlossen fand und ganz anders als ihren herausfordernden Körper mit diesem beinah groben blonden Haar. Veronika lag auf dem Bug und genoß, sie konnte das wenigstens, etwas genießen, etwas ganz aufnehmen, ich mochte das an ihr, ich hätte das auch gern gekonnt, so daliegen und mit der Haut die Sonne aufsaugen und mit den Augen die Farben. Schön, seufzte Veronika, schön, dieses Grau-Blau-Grün, dieser Himmel, diese hingefetzten, hingeschleuderten Wolkenreste ...

Zirrus, sagte Klaus, Achtung, wir fallen ab, Fock fieren! Vorboten für den Durchzug einer Warmfront, Aufgleitregengebiete, meist mit südwestlichen Winden unterschiedlicher Stärke verbunden.

Ich wußte nicht, Vati, sagte Konni und lächelte zu Georg hin, daß du nicht nur Betonologe, sondern auch Meteorologe bist.

Unsinn, Konni. Klaus legte das Ruder. Das weiß jeder, diese Phänomene sind typisch für unsere Breiten.

Nur wann was geschieht, das weiß eben keiner, sagte Georg, aber wohl mehr für sich selbst.

Haben wir nicht ein sagenhaftes Glück? fragte Veronika empfindend und rhetorisch zugleich. Diese Stille! Diese verschleierten Farben! Hab ich dir schon erzählt, Almut, sie hob die Stimme ein wenig, vier Krüge von mir sind zur Ausstellung nach Helsinki geschickt worden. Vier blaue Krüge. Ist das nicht schön?

Nach Helsinki?

Ja, zur internationalen Keramikausstellung.

Und du freust dich? fragte Georg. Wie werden sich erst deine Krüge freuen, Veronika, daß sie nach Helsinki fahren dürfen.

Ich sah besorgt zu Veronika hin. Aber die lächelte, sanft und unverletzbar. Mir ist das lieber, weißt du, daß meine Krüge fahren, ich käme vielleicht nicht so gut zurecht.

Das Finnische, was? Georg war auf dem Rückzug, wollte mildern.

Das Finnische und alles andere. Ich käme mir blöd vor, unfähig, könnt ihr euch das nicht vorstellen? Schlimmer als Ludwig, der gute. Habt ihr gehört von seiner Reise? Seit Jahren hatte er sie beantragt, er wollte nach Paris, den Louvre sehen, Cézanne, seinen großen Meister. Immer wieder wurde sie verschoben, immer wieder mußte er umbuchen, das Fräulein von der LOT kannte ihn inzwischen und tröstete ihn. Endlich gings los, da war er schon erschöpft, die Rennereien, die Schreibereien, die Papiere, Gepäck, Kontrolle, Zählkarte, Knäckebrot und Dauerwurst. Natürlich kann er kein Wort Französisch. Er kommt in Paris an, er findet seine Pension, und am nächsten Morgen wandert er mit dem Stadtplan in der Hand zum Louvre. Pilger. Da hängt ein Schild, und er zieht sein kleines Wörterbuch aus der Tasche und kriegt raus, daß geschlossen ist, wegen Streik des Personals. Er ist enttäuscht. Aber er hat warten gelernt. Er setzt sich in ein Café in der Nähe, trinkt Kaffee, sitzt lange und hört seinem Herzklopfen zu. Am nächsten Tag ist er morgens um neun wieder vor dem Louvre. Das Schild hängt noch. Er geht ins Café, sitzt, guckt, schlendert zurück zur Pension. Am nächsten Tag dasselbe. Und so weiter. Das Schild hängt da, vierzehn Tage, und jeden Morgen steht er vor dem Louvre, umsonst. Ich erzähl das so, wie ers mir erzählt hat. Und nach vierzehn Tagen ist er nach Hause gefahren. Hatte es satt, die Pension und das Café, und was anderes war ihm nicht eingefallen, keinen Mumm, keinen Schwung, konnte keinen Fahrplan entziffern, alles französisch, sollte keine unerlaubten Kontakte knüpfen. War schon ganz stumm, vierzehnmal abgegangen den zu Hause studierten Weg von der Pension zum Louvre, vierzehnmal abgemessen seinen Traum von Cézanne, nun konnte er nicht mehr, er hatte es satt, die dritte Woche war ihm scheißegal, er fuhr nach Hause.

Ich lache nicht über Ludwig, ich verstehe ihn, seufzte Veronika und reckte die Arme über den Kopf, mir würde es genauso gehen.

Schöne Stadt, Helsinki, sagte Klaus, wie um auszudrücken, daß er nicht verstand, daß es ihm nicht so ging.

Ich finde …, sagte ich. Plötzlich hatte ich das Gefühl, wirklich etwas zu finden, etwas zu entdecken, worauf ich nicht gekommen war zuvor. Ich hatte nie erwogen, ob ich es mir wünschte: Paris zum Beispiel. Toulouse-Lautrec – Juliette Gréco – Notre-Dame – Christian Dior – die Seine ... Doch, ich wünschte es mir. Wenn ich Zeit gehabt hätte, weniger Arbeit, jemanden für das Kind, viel Geld, kein Boot. Bei Helsinki fiel mir schon weniger ein. Sauna, Kiefern, Seen. Andere Kiefern, andere Seen? Wo standen Vronis Krüge? Doch, ich hätte schon gewollt, hätte den Ballast versenkt, die nie auslöffelbare selbsteingebrockte Suppe einfach ausgekippt und los. Aber ich wollte es wollen können und nicht dürfen. Hast recht, Vroni, die Krüge stehen besser da als wir. Ich hatte nie darüber nachgedacht, war ja immer beschäftigt, während es bei anderen losbrach, sobald das Thema kam: ich war in, ich will nach, ich habe beantragt. Dienstreisen. Ich nicht. Ich war besetzt, befaßt. Mit dem Menschenbild, frühbürgerlich. Mit dem Frauenbild, vorausdeutend. Mit Hin- und Herfahren zum Büro, an dem mein Name stand und: Wiss. Mitarb. Mit dem Kind, dem Kindergartenkind, dem Fragekind, die Republik hat Geburtstag, wer isn die Republik?

Befaßt mit dem Boot. Das füllte alle Lücken, sah herein durch alle Fenster.

War ich wirklich besetzt, oder hatte ich ein Thema ausgeklammert? Machte weniger wünschen ruhiger? Ballast als Vorwand. Selbstfesselung.

Längst redeten die anderen weiter.

Ein Komplexkomplex, sagte Georg, Reisedrang und Reiseangst, trotzdem bin ich gefahren. Ich hatte es auch nicht so schwer, in Wien kann man sich verständlich machen, einigermaßen.

Schöne Stadt, Helsinki, wiederholte Klaus. Ich war vor zwei Jahren dort, zu einer Tagung über Spannbeton. Er sagte das nebenbei, im Reisekaderton, aber wollte es doch auch gesagt haben. Fock dichter, kommandierte er. Es sah aus, als wolle er Georg zu tun geben, und Georg sprang auf und griff nach der Fockschot, legte sie aber falsch, so daß sie sich abwickelte und das Vorsegel wild zu flattern begann.

Wir waren an der Stelle, von der aus man den See in seiner ganzen Länge übersehen konnte. Am Südende flimmerten zwei Dutzend Segel, winzige Zeichen über dem Wasser. Bis dorthin hätten wir segeln können. Ich fühlte eine Art Lustlosigkeit, auch Mißtrauen gegen den Himmel, der wie ein Löschblatt aussah. Die Wellen, die von Süden her den See heraufgetrieben wurden, waren hier höher. Wir kehrten um.

Du, so schön habe ich mir das Boot nicht vorgestellt, sagte Veronika vom Bug. Mahagoni ist eben ein herrliches Holz, und wie die Planken ineinanderfassen, diese Wölbung ... Sie dachte wohl an die Ausstellung, an ihre Krüge, wie sie dort stehen mochten. Sie hätte sicher gern davon gesprochen, aber wollte es uns nicht aufdrängen. So strich sie über das Kajütdach aus Mahagoni, redete von Holz, von Maserungen, Oberflächen. Wie sie dalag und Farben hamsterte, um sie ins Atelier mitzunehmen. Ich dachte es und schämte mich sofort. Beneidete ich sie vielleicht? Abdecken, ablegen, in den

Wind gehen, anluven, abfallen und wieder festmachen und zudecken, immer hatte ich zu tun, immer war ich beschäftigt, nie lag ich herum, einfach so.

Inge hat mir geschrieben, sagte Klaus leise neben mir. Er war auf der Steuermannsbank an mich herangerückt und redete dicht an meinem Ohr. Ich konnte nicht ausweichen.

Sie schreibt, daß sie nicht begreift, wie alles ... Wir sollten es noch einmal ..., es würde jetzt alles anders ... Aber verstehst du, ich habe es gewollt, sie hatte zu oft ... Ich habe nie geglaubt, daß man an diesen Punkt ..., aber jetzt ist es ...

Ja, sagte ich leise, ich verstehe dich. Und Konni?

Wieder diese merkwürdige Angewohnheit von Klaus, in halben Sätzen zu reden, wie immer, wenn er von seiner früheren Frau sprach. Eine Hemmung, hatte ich zuerst gedacht, besonders weil Klaus gleichzeitig zu lispeln begann, wenn er auf dieses Thema kam. Schlimmer als Verlegenheit, eine Art Sprachlosigkeit vor dem, was plötzlich hereinbrach in sein schuldloses und erfolgreiches Leben. Gerade war er in ein Expertengremium gewählt worden, da hatte diese Ingrid oder Inge plötzlich »einen anderen«, so dumm und niedrig ging das, so dahergebracht und peinlich. Diese Abbruchpausen waren mir wie ein hilfloses Haltmachen erschienen, eine Angst, diese elende Geschichte ganz zu erzählen, das würgte man mühsam raus: ich bin fertig und kaputt. Aber jetzt, da ich ihm wieder zuhörte, ohne Ausweichmöglichkeit auf der Steuermannsbank, erschien mir eher, Klaus wollte mir etwas ersparen. Er skizzierte, deutete an, weil er wußte, daß man den Rest selbst ausfüllen konnte. Es war eine Dutzendgeschichte, das übliche. Er, der so genau war, der Unfertiges haßte, würde aus keinem anderen Grund nur die Hälfte aussprechen. Er wußte, es genügte, anzureißen. Konni soll selbst ... Sie wird schon ...

Ich hielt den Blick auf den See gerichtet.

Konni saß vor uns, vielleicht hörte sie zu, vielleicht auch nicht. Sie kannte das ja. Es war nur der Ausklang von vielem, was sie hatte hören müssen von jenen beiden, zwischen denen sie nun wählen sollte. Plötzlich drehte sie sich um, und ich sah in ihrem Blick Mitgefühl für den Vater, ein schnelles, vergängliches Mitgefühl, den Wolken ähnlich, die über die Sonne zogen. Nicht weil sie ihn verlassen würde, tat er ihr leid, wohl eher, weil sie in einem Boot unter fremden Leuten saß, neben einem helläugigen Mann, und begriff, daß der Vater ihr unwichtig war und sie nun ganz andere Fragen hatte, die nur sie selbst betrafen.

Georg vor mir hatte die Schultern hochgezogen wie einen Wandschirm. Ich sah ein Stück Nacken und ein gestreiftes Hemd, etwas zerknittert. Den Pullover – ja, es war derselbe, den er in einem zurückliegenden Winter getragen hatte, schien mir, grobe Wolle, Patentmuster, sicher von der Hand einer tüchtigen Freundin oder Mutter – hatte er ausgezogen und in die Kajüte geworfen. Er saß wie jemand, der nicht nach hinten hören will und der auf keinen Fall weiter stören möchte, nachdem er in einen Gästesonntag hineingestolpert ist, mit einer Flasche Rotwein und einem Rosinenkuchen.

Was tun Sie eigentlich beruflich? fragte Konni und versuchte sich mit dieser Frage, zu der sie einen langen, schweigenden Anlauf genommen hatte, an Georg festzuhaken.

Georg zündete sich eine Zigarette an. Nichts Besonderes. Ich übersetze ...

Aha, sagte Konni, und es klang enttäuscht. Das ist sicher sehr schwer.

Wirklich, ich bewundere dich, Almut, seufzte Veronika von vorn; sie drehte sich auf den Rücken und streckte sich. Wie du zurechtkommst mit all diesen Drähten und Tauen, den Segeln, dem Steuer. Dieses Gegen-den-Wind-Fahren bleibt mir rätselhaft, und du bist dabei so ruhig. Anhalten kann man das Boot ja auch nicht.

Vroni, sagte ich, es ist besser, du kommst ins Boot.

Die Böen kamen als dunkle Flecken auf der blinkenden Seefläche näher. Die Wolken waren plötzlich schwer, wie aufgequollen. Abfallen! sagte ich, lauter als ich wollte, und Klaus drückte die Pinne herum. Das Boot legte sich seitwärts. Veronika hatte sich gerade noch über das Kajütdach ins Cockpit geschoben. Die Böe war da, das Boot antwortete mit einer neuen Seitwärtsneigung und schoß gleichzeitig nach vorn, überritt eine Welle, tauchte die Spitze in die nächste, die über das Deck kam und sich über Georg, Konni und Veronika ergoß. Georg hielt seine nasse Zigarette in die Höhe. Veronika stieß einen belustigten Quiekser aus. Konni war aufgesprungen und schrie entsetzt: Meine Jeans! Naß! Ganz naß! Vati, wie steuerst du bloß!

Wieder kam ein Spritzregen übers Kajütdach, erreichte auch die hintere Bank, Klaus und mich.

Ein Drachen segelt bekanntlich naß, sagte Klaus.

Das Boot war jetzt sehr schnell, es neigte sich unter den heranstürmenden Böen, der Bug hinterließ eine wirbelnde Furche im See. Der Wind fauchte. Ich sah Schilf und Bäume auf uns zuwachsen.

Wir sind gleich am Steg. Georg, nimm den Bootshaken. Vroni und Konni, ihr bergt das Großsegel. Du, Klaus, gehst mit dem Boot in den Wind. Ja, ich weiß, daß du das weißt, ich wiederhole es nur. Ich geh nach vorn.

Soviel hatte ich den ganzen Nachmittag nicht gesprochen. Ich faßte nach den Fallen. Die Böen kamen von allen Seiten und drehten das Boot wie ein Karussell, das Großsegel schlug hin und her, bis es endlich eingeholt war. Georg fiel fast ins Wasser, weil er den Bootshaken zu tief in einen Pfahl gerammt hatte. Vom Ufer kam das Geschrei unserer beiden zurückgelassenen Kinder, sie hopsten vor dem Steg auf und ab, kreischten und winkten.

Das ist immer so, unter Land, ganz normal, sagte ich keuchend und zog das Boot an seinen Haltepfahl, unter Land dreht der Wind, und ich kapiere einfach nie ...

Was willst du denn, wir sind doch wunderbar gelandet, sagte Georg und betrachtete einen Splitter, der ihm im Zeigefinger saß und den er sich geholt hatte, als er den Anprall des Bootes gegen die alten Bohlen der Plattform abfangen wollte.

Wir trugen, schiffbrüchiger Triumphzug, unsere Jakken, Pullover, Sonnenbrillen und die nassen Kissen über den Steg hinauf unter die Bäume. Die Kinder waren schmutzig, sie jubelten über die Rückkehr der Mütter und hatten Hunger.

Ich mach gleich Tee, und Georg hat Kuchen mitgebracht, sagte ich, noch atemlos, laßt euch nieder, nehmt euch die Liegestühle.

Im Haus war es still. Ich setzte Teewasser auf und zählte Tassen aufs Tablett. Klaus war hereingekommen hinter mir.

Ich gab ihm ein Messer in die Hand, er wickelte den Kuchen aus und schnitt ihn mit vorsichtigen Bewegungen in Scheiben. Feiner Wind, sagte er und schob die herausrollenden Rosinen zu einem Häufchen zusammen. Die Landung war ein bißchen ungenau, fast hättest du den Pfosten verfehlt und den armen Georg gewässert. Er lachte. Die typische weibliche Ungenauigkeit, wie beim Parken. Eine Art weibliches Präzisionsdefizit.

Oder Großzügigkeit, sagte ich. Man könnte auch sagen: männliches Toleranzdefizit. Männer sind wohl eher Einordner, fügte ich hinzu und lächelte ihn an.

Der Drachen ist ein großes Boot, fing Klaus wieder an. Bei solchem Wind wie heute muß man schon zu zweit sein.

Stimmt, sagte ich. Das Wasser begann zu brodeln. Ich schüttete den Tee in die Kanne. Von draußen kamen die Stimmen der anderen, die Stühle um den Tisch stellten.

Zu zweit hätte man mehr davon, fuhr er fort. Auch

die Arbeit ist dann nicht so schlimm. Eine Art Sportgemeinschaft, hast du mal daran gedacht?

Bei der Arbeit hilft mir Kutte, zum Glück, sagte ich
und nahm das Tablett. Ich hab immer noch den Wind in
den Ohren, so ein Brausen, komisch, nicht?

Du solltest mal darüber nachdenken, sagte Klaus, mit
dem Kuchenteller hinter mir auf der Schwelle.

Auf dem von Büschen und Bäumen umgebenen Gras-
fleck vor dem Haus war es windstill, nur die Wipfel der
Kiefern regten sich unter Stößen, die aus höheren Luftschichten herabfielen. Die Kinder füllten den Platz mit
ihren hellen Stimmen. Der Tee tat gut, ich war müde,
lehnte mich zurück und sah in die Bäume. Mochte jeder
seinen Gedankenweg weitergehen, wie er wollte. Zwei
Eichhörnchen jagten sich um einen Kiefernstamm, Spiralweg hinauf, Spiralweg hinab, und erzeugten ein Geräusch, das wie ein meckerndes Gelächter klang.

Alle standen auf, wie hochgezogen von der ersten
Dämmerung. Klaus erbot sich, die anderen mit zur
Stadt zu nehmen. Er hatte ein neues Auto, man sah es,
es war eine bisher noch nie importierte Marke, aber er
sagte nichts, schien eher verlegen. Wir mußten warten,
bis Veronika die Sachen von Martin zusammengesucht
hatte.

Nichts zu danken, sagte ich, es war sehr nett.

Georg stand neben mir. Er machte eine Geste zu meinem Nacken hin, einen Augenblick lang fühlte ich seine
Fingerspitzen leicht auf dem Nackenwirbel. Du solltest
dir die Haare wachsen lassen, sagte er.

Das Auto holperte den Waldweg hinauf, an der Sand-stelle drehten die Räder ein-, zweimal durch, dann ver-schwand es in einer Staubwolke. Ich ging zum Tisch zurück, sammelte die Tassen wieder aufs Tablett. Bevor ich abwusch, mußte ich noch das Boot zudecken, das machte ich immer erst, wenn die Gäste weg waren.

Ich ging über den Steg, stieg ins Boot, setzte mich auf die Steuermannsbank. Mit der Dämmerung hatte der Wind nachgelassen, das Boot schaukelte leicht auf den uferwärts auslaufenden Wellen, und der Zug der Festmacheenden versetzte ihm kleine, ruckende Stöße. Ich saß eine Weile da, in diesem Wiegen und Zucken. Auch mein Vater hatte Gäste gehabt. Ahnungslose, Di-lettanten, Plauderer, Sonnenbader. Nur war der immer der Kapitän geblieben, ruhig am Steuer – bis aufs Ab-legen und Landen, wenn seine Stimme unfreundlicher wurde –, er steuerte wirklich. Ich hätte ebensogut nicht dabeizusein brauchen. Ja, dachte ich, vielleicht war ich auch gar nicht dabei? Und das Segeln, wie ich es mir vorstelle, vielleicht gibt es das auch nicht. Es ist ja im-mer ein zweiter Mann nötig. Sportgemeinschaft. Segler-verein. Zweckverband.

Die Dämmerung wurde dichter. Die Uferbäume reg-ten sich nicht mehr, nur noch ein dünnes Plätschern umgab das Boot. Sportgemeinschaft: da konnte man die Zweifel an sich selbst zudecken, den Mißerfolg verges-sen, diese kaputte Stelle im Leben. Eine Schnellrepara-tur, damit das übrige, vor allem die Gremien, der Kom-missionsvorsitz, die Laborversuche, die Fachtagungen unbehelligt blieben. Sportfreundin, Wochenendgefährtin, Segelkameradin, Ersatzfrau, Ersatzteil. Und Georg, dachte ich plötzlich erbittert, und goß allen vorher angesammelten Unwillen über ihn aus, der kommt daher und schaut zu. Nicht anders als die gute Vroni; er beobachtet uns, hört zu, macht sich seine Notizen. Und später finden wir uns in einer seiner Szenen wieder. Wie dumm ist das alles. Oder er hat uns schon aufgeschrieben, er weiß schon alles, läßt uns jetzt auftreten und kontrolliert, ob wir seinen Text richtig spielen. Oder findet er alles unwichtig und höchstens komisch?

Draußen, in Schräglage unter dem Ansturm der Böen, hatte das Boot Wasser genommen. Ich hob die Bodenbretter hoch und angelte aus der Kajüte eine Blechbüchse. Ich gab mir selbst zu tun und schöpfte. Der Wasserstrahl fiel aus der Büchse in den See und wurde mit einem schluckenden Geräusch aufgesogen. Im Schilf zirrte ein Bleßhuhn. Der Abend war eng und sanft. Auch in Gedanken machte man sich was vor. Nur diese plötzliche Heiserkeit hatte mir selbst etwas verraten. Wie ich das Tschüs hervorgewürgt hatte. Was gingen ihn meine Haare an. Sollte er lieber ironisch bleiben.

Daß man erschrak und heiser wurde.

Ich gab mir wieder Arbeit, warf die Plane von der Plattform aufs Boot, rollte sie über dem Großbaum auseinander, zuerst zum Mast hin, dann zum Heck, band den Persenninghals am Mast fest und befestigte, auf dem Deck vorwärtskriechend, Schlaufe um Schlaufe.

XI

Über die Stadt ist die Hitze gefallen. Die Stadt ist ein heißer Stein.

Abends strömen die Jugendlichen ins Zentrum, auf die Piazza Duomo, auf die Flanierwege der Galerien. Sie kommen daher mit einem Blick, sie halten die Arme leicht angewinkelt, die Hände in den Taschen versenkt, wie bereit für etwas, was sofort losgehen könnte. Sie kommen aus den Vorstädten, die die Stadt umschließen, die nicht aus Wellblechhütten und Baracken bestehen, sondern aus Hochhäusern, die aber im Innern wie Wellblechhütten sind. Ich sehe die Jungen in der Metro, sie sitzen da und strecken die Beine weit in den Mittelgang. Stark und gewalttätig scheinen sie, mit ihren knöchellangen Hosen, den hochhackigen Stiefeln, den weitausgeschnittenen Nickis, die ihre Schultern noch breiter machen, mit den Goldkettchen um den Hals und dem blinkenden Ohrring unterm Haar. Sie sitzen mir gegenüber, wenn ich zur Abendlektion fahre, ich sehe sie an und weiß nicht, ob sie Schläger, Dealer, Vergewaltiger sind oder nur brave Jungen, die sich anziehen wie alle, ich sehe sie an und wende den Blick ab, es ist besser, sie nicht zu lange zu mustern.

Jetzt, in der Hitze, sagen alle, auch Pietro, daß die Stadt unbewohnbar geworden ist, daß man sie nicht mehr durchmessen kann, daß man in ihr erstickt, daß einer für den anderen unerreichbar geworden ist. Man müßte weg von hier, für immer, für eine Weile wenigstens. Ferien machen. Wir werden sie verlassen, wir werden uns ein Weilchen täuschen und glauben, ihr entkommen zu sein, und dann werden wir wieder zurückkehren, auf die Knie fallen vor ihr und sie um Arbeit bitten.

Aufbruchstimmung. Pietros Freunde machen Ferienpläne. Man könnte zusammen reisen, sich endlich sehen, miteinander reden. Zelte, ein Kleinbus. Griechenland, Spanien. Oder weiter. Und wohin fährst du, fragen sie mich, wieder nach Norden?

Ich hab dort Leute. Ich hab dort ein Haus. Ich hab dort ein Boot.

Das klingt, als hätte ich dort Besitztümer zu verwalten, und es macht Eindruck. Ich muß lachen. In Wirklichkeit gehört mir nichts. Nicht ein Nagel gehört mir: die Alleinerbin, die einstige Vorschotfrau, hat es mir bestätigt, als ich zu Pietro nach Mailand zog. Meine Verwunderung darüber war kurz, während ich etwas anderes noch immer nicht begreifen kann: daß ich Pietro gefunden habe, daß ich in dieses fremde Leben eingetreten bin, das seines ist, daß ich bei ihm wohnen, schlafen, essen, liegen darf; »darf« meint nicht jenen kleinen amtlichen Brief eines noch nahen Jahres: Wir freuen uns, Ihnen mitteilen zu können, daß Ihr Antrag ...

Nichts gehört uns. Das Leben bei Pietro sagt es mir täglich. Aber vor meinen – seinen Freunden kläre ich den Irrtum nicht auf.

Ich hab dort Leute. Ich hab dort ein Haus. Ich hab dort ein Boot. Ohne Verträge, in keinem Kataster verzeichnet, nicht versichert: keine Investition, auf die man in einem schwankenden Leben ohne materielle Sicherheit zurückgreifen könnte. Ich besitze dort nichts. Hab auch keine Schulden. Auch kein schlechtes Gewissen; muß nicht Schuldgefühle in Heimweh verwandeln.

Von Heimweh und heimatlichen Orten rede ich, von unbedeutenden Geschichten und Personen, weil sie mir ein Maß geben. Unerläßlich sind sie mir. Ich brauch sie noch immer, die matten Farben dieser Rentnerlandschaft, ihren leidenschaftslosen Ton und die bescheidene Dramaturgie kleiner Gegebenheiten, die sie hervorbringt. Über einen zerreißenden Abstand hin halte ich an etwas fest.

Ein geheimer Magnetismus wirkt fort, ein Hingezogensein, ein verborgenes, nötiges Stets-dein-Gedenken.

Immer dorthin? fragen die Freunde. Immer dasselbe? Das kennst du doch alles. Kennst du Sardinien, Korsika, Griechenland?

Ich kenne jedes Stück Wald, die Ufer, die Buchten, die Untiefen, ich kenne die Boote auf dem See, die Werften, die Slipanlagen, ich weiß, wann man bei Kutte zu Mittag ißt und wann man beim weißbärtigen Doktor Kaffee trinkt, ich weiß, wie die Böen über den See kommen und wie der Ostwind klingt. Nur weiß ich nicht, ob ich noch dazu stimme, und das muß ich wissen. Ich fahre wieder dorthin. Nichts kennt man gut genug. Ich muß die Leute wiedersehen, zu denen ich gehöre, und jemanden, mit dem ich noch zu reden habe. Ich hoffe, ihn dort zu finden. Ich fahre an den See, in das Holzhäuschen unter den Kiefern, in das »Palais«, an dem ich noch lange Jahre zu arbeiten hatte und in dem ich mit Hanns die Sommer verbrachte.

Als das Zimmer unterm Dach neu war, roch es nach Holz und Lack. Später kam der süße Geruch der Strohmatten dazu, und auch jetzt noch spüre ich diesen Dreiklang. An heißen Tagen steigern sich die Gerüche, von draußen dringen die Herbheit des Harzes und der auf dem Sandboden glühenden Kiefernnadeln herein, ein penetranter heimisch-märkischer Atem, den ich liebe. Dorthin will ich. Unterm Dach, zwischen Ziegeln und Dachbalken, nisten jedes Jahr Meisen. Zweimal im Jahr brüten sie, dann ist hinter der Schrägwand, an der mein Bett steht, nur das leise Geschwirr des Anflugs zu hören. Bis eines Tages ein hoher Ton antwortet, haarfeine Stimmen, die unseren Morgenschlaf begleiten, ohne uns zu wecken. Und das Wespennest gehört mir, das wir einen Sommer in der Wand hatten, zwischen den Brettern der Außenwand und den Platten im Innern, der Trompetenstoß ihrer Wut, als sich die Wespen eingeschlossen fanden, ihr summendes Raspeln und meine Angst, sie würden sich zu unserem Zimmer durcharbeiten, wo das kleine Kind schlief: so daß ich den Gipspfropfen wieder aus ihrem Flugloch schlug. Und der Marder gehört mir, mit dem fürchterlichen Gestank seines Kots von der Zimmerdecke herab, die Federchen und Knöchlein, die mir entgegenfielen, als ich die Deckenplatten abnahm (wieder von vorn anfangen mit dem Hämmern und Streichen); und die Mäuse, die lebendigen und die toten in den Fallen, die kleinen Leichen im Wassereimer, ihre Nagespuren, ihre Sammelstellen von Fäden, Fetzchen, Federn, die uns im Frühjahr erschreckten und in Wut brachten. Und das Grummeln auf dem Dach, wenn die Eichhörnchen über die Haselbüsche am Haus herfallen, an den Herbstabenden, wenn die Sommer- und Wochenendbevölkerung aus dem Wald verschwunden ist und nichts bleibt als Stille: auch dieser dumpfe Trommelton. Und die Gewitter, das Krachen, das in die Kiefern fährt, die Angst, die geringer ist, wenn es gelang, die endlich angeschafften Fensterläden rechtzeitig vorher zu schließen; die Ströme von Wasser, das klatschnasse Unterholz, Pfützen über dem staubtrockenen Sandgrund, auf denen die Tropfen mit wilden Sprüngen tanzten, der Geruch nach Pilzen, der aus dem Moos steigt, und der überschwemmte Keller, fenster- und türenlos, nie hatte ich Geld dafür, einhundert Eimer Wasser schleppte ich einmal aus der Tiefe, um das »Palais« nicht dem Morast und dem Schwamm preiszugeben.

Dies ist mein Eigentum, daran halte ich fest. Auch der Lautsprecher am Morgen, der vom nahen Pionierlager kommt, aber nur in der Zeit der Schulferien, in Leipziger Sächsisch verkündend: Liebe Pioniere, es ist sieben Uhr, heraus aus den Federn und fertigmachen zum

Frühsport – was mich früher zur Verzweiflung brachte, damals, als der Ton rauher und militärischer war. An warmen Sommerabenden überschwemmt Disko-Musik vom Lager den Wald, Hunderte von Kindern hüpfen auf dem Platz zwischen den Baracken, die aus Liebe zum Schönen Bungalow genannt werden, Disko-Musik überdeckt alles, auch das Bierlachen der Wochenendler und ihre Kofferradios unter den Rauchwolken, die von ihren Grillecken aufsteigen.

Dort will ich hin, das müßt ihr verstehen. Ich kenne alles zu gut, als daß ich es wirklich kennen würde. Ich muß wissen, ob ich noch dazu stimme. Und zu dem Boot will ich, dem illusorischsten aller Besitztümer. Jetzt liegt es schon im Wasser, falls es Kutte gelungen ist, trotz des gebrochenen Arms den Transport zu organisieren, diese Schwankefahrt von seinem Garten bis zur Werft unter den Eichen, wenn er für Geld und guten Korn die richtigen Helfer gefunden hat. Ich höre seine Flüche, alle brüllen vor Nervosität, bis der Kahn endlich schwimmt. Und dieses Jahr hat er diese verdächtigen, gefährlichen weichen Stellen im Holz, genau in Höhe der Wasserlinie. Vielleicht sind sie mein einziger Besitz.

Früh am Morgen, die Morgen sind hell, wache ich auf und wünsche mir etwas. Den ganzen Tag nur Deutsch sprechen. Mich ausstrecken, ausbreiten, redend. Zuhören, antworten. Und daß Pietro mich verstünde, auf deutsch. Meine mütterliche Sprache.

Ich spreche Übungsdeutsch. Bitte, setzen Sie die fehlenden Formen ein. Wenn das Wetter besser ..., ... wir einen Ausflug. Wann verwenden Sie die würde-Form? Wäre, gewesen wäre, geworden wäre. Die Studentinnen schauen mich an aus gemalten Augen: es ist zu schwer; es ist zu leicht.

Mit jemandem sprechen möchte ich, aus dieser stummen Geschichte herauskönnen, die ich immer neben mir habe, oder vor mir oder hinter mir. Ich frage Hanns, ob ich ihm mal was vorlesen soll vom Boot.

Er ist großzügig. Wenn dus gern möchtest.

Wir setzen uns nebeneinander aufs Sofa, kehren dem Draußen den Rücken. Ich lese ein Stück. Es mißfällt ihm, ich sehe es.

Bist du bald fertig? fragt er.

Ich bringe die Lesung rasch zu Ende. Verkürzend. Ich habs nicht verkauft, sage ich, verstehst du, obwohl ichs verkaufen wollte. Ich konnte mir einfach niemand drin vorstellen.

Ich sehe ihn an. Sein Kindmanngesicht bebt. Erst jetzt verstehe ich den Grund seiner Mißbilligung. (Auch das wird ihm mißfallen, von solchen Momenten, die ihm als Schwäche erscheinen, darf ich nicht sprechen.) Sein Gesicht ist wie aufgequollen von den Tränen, die schon am unteren Lidrand hängen und die ihm jetzt die Stimme wegspülen. Das ist es ja, bringt er schließlich hervor, ich kann mir doch auch niemand anders drin vorstellen. Er weint.

Ich nehme ihn in die Arme, noch darf ich es, und möchte ihn trösten und beschämt um Verzeihung bitten, daß ich ihm einen Schmerz zugefügt habe, mit einer Geschichte, mit meinem dummen, unbezähmbaren Bedürfnis nach einem Zuhörer: ich mußte doch wissen, daß für ihn diese Geschichte wahr ist. Um ihn abzulenken, rede ich von den Booten, die wir uns später einmal anschaffen werden. Wie sie davonrauschen, die Ixylon-Jollen, die Dinghis, die Surfbretter, leicht und schnell und kosten fast nichts, alles werden wir haben.

Aber die Beschämung vergeht nicht, sein Tränengesicht bleibt mir vor Augen. Und ich frage mich, ob sein wilder und freier Schmerz nicht mehr verrät. Vielleicht ist er der wahrhaftige Ausdruck des gehemmten und gezähmten Wehs, das wir anderen empfinden, während wir unaufhaltsam von unserem vergangenen Leben abrücken.

Einen Sommer lang war ich gesegelt. Einen Sommer lang, aber nicht oft: denn Segelwetter und Besuch mußten zusammentreffen, und nicht jeder Gast mochte jeden Wind. Immerhin, ich war gesegelt. Mit Veronika und mit zwei anderen Freundinnen, mit Klaus und seiner Tochter, auch mit den beiden Kollegen der Forschungsgruppe »Das Menschenbild«, die sich aus Neugier selbst eingeladen hatten, mit einem jungen Typen aus der Nachbarschaft und natürlich mit Kutte, der mir vom See aus das Ufer erklärte, mit zerschneidender Hand die Grundstücke von Sekretären, Ministern und unvertreibbaren Alteigentümern und warum und seit wann, und der es genoß, einen Drachen zu segeln.

Nach Veronika waren Tanja und Susanne gekommen, die berufstätig waren und wenig Zeit hatten; sie bewunderten mich und das Boot, segelten gern, vorausgesetzt, der Wind ging nicht an die Nerven und hielt nicht vom Gedankenaustausch ab, denn das brauchten sie; sie kritisierten die Schule und die Väter, sie gestanden ihre Liebe zu ihren Kindern und zu ihren jeweiligen Freunden, sie wünschten sich Sonne und leichte Brisen, freuten sich, wenn ihre Haut sich rötete, wollten am frühen Abend nach Haus, der Kinder und der städtischen Verabredungen wegen.

Ich war mit Klaus gesegelt und seiner Tochter Konni, die mich mit Sperberaugen ansah; die beiden waren oft gekommen, den ganzen Sommer hindurch. Über die Sportgemeinschaft hatten wir nicht wieder gesprochen, und im Herbst lernte Klaus eine Zahnärztin kennen, genauer: seine Zahnärztin, die überraschend geschieden worden war, und auch das erzählte er mir beim Segeln. Dann war er weggeblieben.

Der Sommer war vergangen. Ich hatte ihn anstrengend gefunden und wußte nicht warum. Nicht weil alle ans Steuer wollten, die Freundinnen ausgenommen, die am liebsten auch die Fockschot nicht in die Hand genommen hätten. Nein, es war nicht anstrengend, das Steuer den anderen zu überlassen, wenn man als Kapitän nicht allzu ehrgeizig war. Etwas anderes, was ich nicht genau begriff, hatte mich lustlos werden lassen und mürbe. Am Ende jenes Sommers fühlte ich mich wie durchtränkt von all den Geschichten, Ratschlägen,

Gedanken, Besorgnissen, die meine Gäste hervorholten
wie ihre Zigaretten und Pfefferminzplätzchen, sobald
sie im Boot saßen. Das Fehlen eines Motorengeräu-
sches beflügelte sie, sie hörten den Wind nicht, fanden
sich in einem Geräuschvakuum, das sie mit ihren Stimmen füllen mußten, das war wie ein Zwang. Ich hatte
zugehört, teilgenommen, gefragt. Ich mochte ja meine
Freunde, war gern mit ihnen zusammen. Und gleichzeitig war mir immer gewesen, als machte ich etwas
falsch, als täte ich jemandem unrecht, nur wußte ich
nicht, wem.

Alles hatte ich durchgespielt, geübt und repetiert, mit
diesen und jenen, die ganze Bootslitanei, die Wasser-
liturgie. Die Standardthemen, die kannte ich nun, ich
wußte, wie es losging:

Boote, die man gern hätte,

und wie es weiterredete:

Boote, die man nicht geschenkt haben möchte

Bootstypen

Motorboote

Umweltverschmutzung

eigene Sorgen

Schilfsterben und Schwanenflucht

Ufergrundstücke

Wochenendhäuser

deren Besitzer

deren Boote

Boote, die man nicht geschenkt haben möchte

Boote, die man gern ...

Man hatte mich sehen können, jenen Sommer lang, mit wechselnden Besuchern. Die Nachbarn hatten sich ihre Gedanken gemacht. Es wurde Zeit, so ging es nicht weiter. Bahnte sich etwas an? Blieb jemand? Nichts deutete auf etwas hin in all diesem Kommen und Gehen, nichts erlaubte Schlußfolgerungen.

Im Herbst hatte ich noch einen Gast. Ein Berühmter, der mich besichtigen kam, mich oder das Boot, ich begriff es nicht genau. Er interessiere sich für alte Kreuzer, sagte der Fotograf Feldmann und erschien eines Tages unter den bunten Blättern. Ich machte Tee, wir rückten die Stühle der Sonne nach, fuhren dann ein bißchen auf den See hinaus. Er fotografierte auch, aber mit einer Art Herablassung und verhangenen Augen: weder ich noch das Boot waren Objekte, aus denen man viel machen konnte. Nur der See bot sich an, schmelzend im Abendlicht, herbstig. Es wurde früh dunkel. Wir hatten kalte Hände und verabschiedeten uns.

Ich hatte es nicht für möglich gehalten: der Sommer war vorbei, das Spiel ging weiter, das Domino hörte nicht auf, Steinchen an Steinchen, immer noch ein und immer noch weiter. Man schob es nur hinaus, den Winter über, so gut man konnte, aber es war noch nicht ausgespielt. Deck bekommt Risse – Risse brauchen Latex – Latex verschönt Boot – Boot lockt Käufer – Käufer wird abgewiesen – Latex bekommt Risse ... Ein idiotisches Spiel, und am Ende färbte es auf einen selbst ab, man wurde ein Steinchen, das dazwischenpaßte. Unwesentlich. Das hatte ich noch im Ohr, dieses »Unwesentlich«, das mein Mentor-Professor mit einverständnisvollem Zwinkerlächeln zu einigen Gedanken in meinem Aufsatz »Zur sozialen Zeichenhaftigkeit des Details« geäußert hatte. Unwesentlich: vielleicht waren es nicht sosehr meine Gedanken, sondern ich selbst und die Details, mit denen ich zu tun hatte, in unauflöslicher Symbiose? Unwesentlich, mit nichts Wesentlichem befaßt, vom Banalen infiziert, von Anekdoten beansprucht. Mein Leben glich den Geschichten aus dem *Satirischen Wochenblatt*, wo man sie seit Jahrzehnten lesen konnte, immer dieselben, von unhöflichen Kellnern und betrunkenen Klempnern, immer mit denselben Karikaturen, immer im Kreis, ein Spiegelkabinett ohne Ausgang. Zeichenhaft unwesentlich.

Immer im Kreis, nie einen Schritt hinauf. Jetzt ist es genug, dachte ich, als ich im Februar auf Herrn Wamme wartete, der zugesagt hatte, das Bootsdeck mit einer Kunststoffbeschichtung zu versehen. Er war der einzige im Bezirk, der das konnte, er hatte zu tun, er ließ mich warten. Ich stand im märzkalten Wald neben dem Boot. Jetzt ist es genug, dachte ich und überreichte ihm eine Flasche Asbach, und Herr Wamme sagte aha. Jetzt ist es genug, dachte ich, als ich ihm die grünen Scheine mit dem Segelschiff drauf hinstreckte und Herr Wamme seufzte, weil der Mai heiß war und die Masse zu schnell anzog. Seine Stimme war schwammig wie er selbst, über Tränensäcke kam ein schneller Blick aufs Geld. Den Lack, sagte er, den können Sie selbst streichen, bißchen glattschleifen und streichen, das ist nur noch 'ne Kleinigkeit. Jetzt ist es genug, dachte ich, als ich im Juni auf dem immer noch klebrigen Kunststoffdeck von Herrn Wamme herumkroch und die Unebenheiten nicht wegkriegte.

Ein anderer Sommer.

Dies sollte ein anderer Sommer werden.

Ich lud niemanden mehr ein. Es ergab sich auch. Niemand kam mehr. Die Freundinnen hatten keine Zeit, hatten das Boot ja nun gesehen. Vroni hatte sich von Ludwig getrennt und fuhr mit jemandem nach Ungarn. Klaus war weggeblieben und mit ihm Konnis Sperberblick. Kutte baute eine Terrasse.

Es war ein Zirrussommer, ein Windsommer. Ich stand auf der Plattform und sah aufs Wasser. Man mußte sich trauen. Tüchtig mußte man sein, die anderen waren es doch auch, tüchtig, tauglich, mutig. Der Mut kommt nach der Angst, das Segeln kommt nach dem Ablegen. Ich hatte eine Decke mit herausgebracht, die faltete ich auseinander und breitete sie aus, auf der Plattform. Legte mich drauf, den Rücken zum Boot.

Unter den Bohlen der Plattform glitten die Wellen vorüber, plätschernd schaukelte der Drachen, und zwischen den Wolken schaukelte der Himmel. Das Schilf raschelte. Nur der Steg stand still, und ich lag darauf. Warum nicht. Warum sollte ich mich nicht sonnen? Stundenlang konnte man so liegen. Wozu all der Aktivismus, ich hatte das Deck lackiert, das reichte. Draußen auf dem See zogen die Segel vorbei. Der Wind fächelte. Kaum hörbar berührten die Pardunen den Mast, der vor dem Himmel schwankte. Laßt mich in Ruhe, murmelte ich.

Wir kommen zur Segeltechnik, sagte der Lehrgangsleiter, die Hände im Gürtel, sein Bauch stand wie ein Spinnaker. Aus der Vielzahl der Informationen, die uns Wind und Wasser liefern, macht sich eine Aufgabenverteilung innerhalb der Mannschaft notwendig. Die Hauptverantwortung trägt der Steuermann; gilt der Steuermann gleichzeitig als Bootsführer im rechtlichen Sinn, ist er weisungsberechtigt, da er für die anderen Besatzungsmitglieder und für die Jacht die volle Verantwortung trägt. Der Steuermann bestimmt den Kurs. Der Vorschotmann überwacht die Einstellung des Vorsegels, beobachtet die nähere und die weitere Umgebung, informiert den Steuermann über das Nahen anderer Jachten, warnt vor Kollisionen, erkennt frühzeitig Böen. Je abgestimmter das Zusammenspiel aller Mannschaftsmitglieder ist, desto weniger werden Gefahrensituationen eintreten und um so besser wird die Jacht gesegelt werden. Punkt.

Der Mut kommt nach der Angst, das Segeln kommt nach dem Ablegen. Die Reihenfolge der Handgriffe ist entscheidend. Je abgestimmter das Zusammenspiel. Alles griffbereit legen, Knoten fest, Fallen lose.

Ein netter Wind, gerade richtig. Wie wärs mit einer kleinen Kaffeefahrt.

Ich bin allein, Käptn.

Natürlich. Ich bin auch allein gesegelt. Als Junge hatte ich ein Ruderboot. Heimlich hab ich mir dazu ein Segel gebaut und bin von zu Hause weggeschlichen, keiner durfte es sehen, ich war doch der Jüngste, das Söhnchen, der kostbare kleine Nachkömmling. Ich segelte allein, ich wollte keine Mitwisser. Damals, mit zwölf, auf der Trave, hab ich gelernt, daß es das beste ist: allein.

Aber später warst du nie allein.

Das ist was anderes. Du hast das Später vielleicht nicht verstanden. Das Später enthält auch das Früher, nur konntest du das nicht sehen. Wahrscheinlich war ich doch allein. Los, versuchs.

Keine Lust. Sprich mir von dem Früher.

Du hast das Boot doch schon abgedeckt.

Die Reihenfolge der Handgriffe. Alles bereit. Hier fest, dort lose. Von Land winkt Hanns, nein, jetzt kann ich dich nicht gebrauchen, muß was ausprobieren. Ein Winddonner fällt ins Boot, das Herz klopft bis in die Augen, alles flattert und schlägt, etwas klemmt, ein Finger blutet, hastiges Haspeln, Hinher zwischen Bug und Heck – ich bin ja schon los, fahre ja schon!

Siehst du?

Rate mir! Leg die Hand aufs Steuer! Laß mich nicht im Stich!

Jetzt mußt du allein fertig werden. Es ist soweit. Weg vom Ufer, ins offene Wasser.

Der Wind erfaßte den Seerand und blies ihn davon, bis er zu einem Streifen wurde, Grün mit Weidengrau, Schilfblau und Kiefernschwarz.

Der Steg war leer. Er war nicht mehr da. Dort hatte er gestanden in Zeiten, die nun schon ein weit zurücklie-

gendes Früher für mich selbst waren. Dort hatte er gestanden mit diesem unmerklichen Kopfschütteln, oder
in der Veranda seines Hauses mit dem Fernglas und
hatte zugesehen, wie wir kreiselnd dahintrieben, ich
und ein Kompagnon, uneins und doch so gleich: wütend,
ratlos, ehrgeizig und diese Eigenschaften immer nur im
anderen erkennend. Er hatte sich abgewandt, war über
den Steg zurück an Land gegangen, mit seinen kurzen,
elastischen Schritten, von Bohle zu Bohle.

Vom Ufer weg. Seewärts. Der Steuermann bestimmt
den Kurs, der Vorschotmann warnt vor Böen und Kollisionen.

Auf den Stegen rings am Ufer saßen die Nachbarn.
Nicht meinetwegen. Nachmittags, wenn das Ufer im
Schatten der Bäume lag, sonnten sie sich auf ihren
Plattformen und brachten Kuchen und Kaffee hinaus,
ihre Anlegestellen in Balkons verwandelnd, Wasserbal-
kons, Seeveranden. Das Klatschen des Drachensegels
hatte sie aufblicken lassen. Mit wem ist sie denn? Wie
sie hin und her springt. Lustig, ihr zuzusehen. Es ist immer lustig, vom Festen aus zuzusehen, wie sich einer
im Schwankenden abmüht. Hats ja so gewollt. Größenwahn ist auch dabei. Fährt los, allein, bei solchem Wind.
Und es gäbe doch Leute, die da einsteigen würden. Alleinseglerin.

Ich hörte nichts. Das Ufer war fern. Ich hatte die
Ohren voll Wind, die Augen voll Wind, den Körper voll
Wind. Ich war ein Segel. Der Mut kam nach der Angst;
aber die Angst kam wieder, nach dem Mut. Das rauschte

ab, riß an den Schoten, das schlingerte, flatterte, hedderte. Feige Manöver folgten, Flucht in den Windschatten des Ufers, Segelreffen. Einen zittrigen Augenblick lang wünschte ich mir einen zweiten Mann, egal wen. Oder es sein zu lassen.

In der Bucht war es ruhig. Der Wind gab sich harmlos und machte Versprechungen. Draußen auf dem See zog die »Rohrdommel« vorbei und ließ seitlich den Gischt auffliegen. Es war eine neue »Rohrdommel«, aber sie ähnelte der alten, auf der ich in einem weit entfernten Frühjahr segeln geübt hatte mit jenem Kompagnon, der mir jetzt, rückschauend, schemenhaft erschien, immer mehr ein Spiegelbild meines damaligen Ich. Wie waren wir über den See geritten, damals, vor der Drachenzeit, vor dem bindenden Kauf, der uns trennte. Und wie wenig hatte ich dazugelernt.

Am Steuer der neuen »Rohrdommel« saß der Doktor, weißbärtig und wirklich derselbe, märchenhaft gleich dem damaligen, dem Skatfreund meines Vaters; war nicht verschwunden, war nicht gestorben, war nicht einmal gealtert. Der Doktor, der meinen Vater »Professor« genannt hatte und der von ihm »Arturo« getauft worden war, was klang wie Operettenpirat, saß allein am Steuer seiner Jolle und rauschte, weißbärtig, weißgischtend, davon, poseidonisch; ließ mir ein Winken zurück: Nicht abfallen!

Wieder hinaus.

Auf die Stimmen des Winds hören. Allein mit ihm, ihm antworten. Jetzt kommst du mir so, dann antworte ich dir so. Keine anderen Reden an Bord, keine Geständnisse und Geschichten; nur Rauschen, Summen, Plätscherschlag, Schwirren. Die Planken schwirrten, wenn ein Motorboot vorbeifuhr; sie begannen zu vibrieren und gaben einen hohen, sirrenden Ton von sich, das hatte ich nie gehört früher. Der Wind strich mir ums Gesicht, griff in mein Haar.

Vom See winkten andere Segler, einsam wie ich. Die Einzelfahrer kannten einander: Ehrgeizlinge, die es allein schaffen wollten; Eigenbrötler, die sich selbst genügten; Alleingebliebene, die sich abgefunden hatten. Sie sahen stolz aus, als hätten sie über etwas gesiegt, sie segelten große Boote, die eigentlich zu groß waren für sie. Sie kannten sich gut, aber nur aus der Ferne, sie grüßten einander mit gemessener Geste, Hochachtung auf Distanz, grüßten auch den neuen Einzelsegler im Drachen. Ich sah hinüber zu diesen Athletenkörpern, zu diesen Alleskönnern, die an Bug und Heck gleichzeitig werkten, die ankerten, losmachten, knoteten, spleißten, Latten einzogen, Wasser pumpten und gleichzeitig den optimalen Kurs hielten. Sie segelten schneller als die anderen und härter am Wind und waren früher draußen und kamen später zurück. Wenn die Familienfahrten an ihnen vorbeizogen, lächelten die Einzelsegler: diese Jollen mit dem prall-behäbigen Kurs ihrer sozialen Sicherheiten; Väter am Steuer, Sonnenbrand und Unterhemd, zwischen Kindern, Gummitieren und an Strippen hüpfenden Spielbooten, während Weiblich-Fülliges nur mit dem Rücken präsent war, den Rest in die Kajüte bückte, über Spirituskocher, Töpfe, Kartoffelpüree aus der Tüte. Die einsamen Segler lächelten und wandten sich ab. Auch von den Gästefahrten, die das Ufer entlangtrudelten, sonntags meist, und die Ausflugsdampfern ähnelten mit ihren Fleischmassen an Deck, unsportlich hingeplättet, während zwischen Wanten und Stagen Höschen und Handtücher an Leinen flatterten – eher Zeltplätzen ähnlich denn Segelbooten. Die Einzelfahrer zogen in der Seemitte dahin, umgeben von den kurzfristigen Königreichen ihrer Absonderung. Ich grüßte zurück und versuchte, die Hand ähnlich maßvoll zu heben.

Wenn ich doch auch, dachte ich.

Denn ich war nicht tüchtig und auch nicht mutig. Das Losfahren schien unmöglich, und am Landen konnte man verzweifeln. Unter dem Zirrushimmel stand ich wieder am Ufer. Ich hatte niemanden eingeladen. Oder vielleicht waren alle weggeblieben. Ich stand, sah aufs Wasser, der See war weißgefleckt wie der Himmel, weißgefleckt von Segeln. Ich begann das Boot fertig zu machen. Um das zu finden, was nach dem zittrigen Zähnezusammenbeißen kam, wenn der Wind das Ufer davongeblasen hatte, mußte ich losfahren.

Da ist sie wieder, die Alleinseglerin, sagten die Stimmen am Ufer.

Ich hörte niemanden; keine Stimmen am Ufer und keine an Bord, weg war das ganze Gerede. Weggeschlichen war ich, von zu Haus abgehauen, wie der Zwölfjährige damals mit seinem Ruderboot. Keine Mitwisser.

Keine Besserwisser. Keine Hereinreder. Über den See ohne Themen.

Irgendwie schaffte mans. Irgendwann zitterte man nicht mehr. Das Boot neigte sich, ich ließ eine Hand ins Wasser hängen. Lieder, auf dem Wasser zu singen, eigene Lieder, neue Lieder, falls sie auftauchten aus dem Klopfen und Rauschen, aber jedenfalls war ich jetzt bereit dafür. Die Planken summten. Ich zog wie die Wolken, bewegte mich in der Bewegung, konnte nicht stehenbleiben, hatte zu tun und keine Zeit, um in Bewunderung zu verharren: wie schön! Entzücktsein kam aus dem Entrücktsein; ich aber war ein Teil. Auch die Wolken bewunderten einander nicht. Alles hatte sich so ergeben, ich hatte nichts beweisen wollen, nicht einmal etwas entdecken; war hineingeraten, mitgeschleppt worden. Aber nun wollte ich wissen, was dort draußen lag, hinter der Flimmerwand, dort, wo nur der Wind bestimmte. Ich suchte es süchtig. Wollte niemanden mehr, bekam einen abweisenden Ton, wenn ich von See und Boot sprach. Süchtig war ich, tüchtig war ich immer noch nicht, keine Siegerin und Alleskönnerin; nur windgierig, neugierig, selbstgierig. Windgeräusch und Wasserklang drangen in mich ein, eine vibrierende Stille wuchs und breitete sich in mir aus, wie eine seltsame Materie, aus der Leben entsteht; ein lautloses Brausen und Lachen, Quellen, Sturzbäche, Ströme von Stille.

Es war ein heller Augustnachmittag, ein Wochentag, der See war fast leer. Wie mit einem leisen Seufzen zog der Wind sich zurück, ließ eine glatte Fläche um das Boot, kreisrund, während weiter entfernt, auf dem übrigen See, das Wasser sich kräuselte wie zuvor. Das Boot glitt immer noch vorwärts, von seiner Masse geschoben und auch vom Wind, den das Segel aus den höheren Luftschichten einfing. Das Seestück spiegelte. Im Spiegel kam ein Boot näher, weiß, weiße Segel, hoher Mast. Es war ein weißer Drachen, am Steuer saß eine Frau, allein. Der Windhauch hob ihr Haar, hob es von den Schultern, wie um es vorzuzeigen, seinen seltsamen Farbton, rötliche Hennaflamme oder Aufwieglerfahne oder Widerschein der Nachmittagssonne, hob das Haar und strich es ihr aus dem Gesicht, wie um auch ihr Gesicht zu zeigen. Die war Vorschot- und Steuermann gleichzeitig, schaute voraus, warnte vor Böen und Kollisionen und sah auf das Windfähnchen, bestimmte den Kurs. Mit der einen Hand führte sie die Segel, mit der anderen hielt sie das Steuer. Das Zusammenspiel war gut. Die wissenschaftliche Mitarbeiterin, graugesichtig von Montag bis Freitag in einem Institut über Korrekturen, war nicht mehr verachtet; die Einzelkindmutter ohne Vernachlässigungskomplex; die Wochenendforscherin und ihre Suche nach dem emanzipierten Menschenbild nicht unterdrückt; die Lackiererin stolz. Die hatten doch miteinander zu tun. Diese getrennten Leben, die sich bedrängt und beengt hatten, atmeten denselben Atem. Es war ganz einfach, jetzt.

Die gefällt mir, die möchte ich sein, dachte ich: die Alleinseglerin.

Es war ein verrücktes Gefühl, als wäre ich angekommen irgendwo, nach einer langen Rennerei oder auch nach einem Aufstieg, atemlos, hechelnd; und jetzt geschafft, oben, am Ziel, endlich jemanden getroffen, den ich gesucht hatte. Atem holen. Mich umsehen. Mich selbst bemerken. Und das Boot war kein lastendes Ding mehr und keine Ausrede für Unerfülltes, sondern einfach ein Boot, ein wirkliches Boot. Und alle die Wintersonntage mit der Schleifmaschine, alle die Ratgeber und Helfer, die Gäste, die Käufer, die Spötter, die Besichtiger waren notwendig, waren aufgetreten um dieses Augenblicks willen.

Was für eine lange Vorgeschichte, dachte ich überrascht. Was für eine lange, langweilige und anstrengende Vorgeschichte, für diesen einen Moment. Denn es ist nur dieses Jetzt, dieser Augenblick. Ich kann ihn nicht mitnehmen an Land, höchstens einmal wiederfinden.

Ich zog eine Haarnadel aus den Haaren und ritzte eine Linie in den Bordrand des Mittelschiffs, dort, wo ich saß, einen dünnen, hellen Strich ins Mahagoni. Hier war es. Festzuhalten nur mit einer Schildbürgerkerbe im Boot.

Der Drachen geriet wieder in die Windzone. Das Spiegelboot löste sich ab, blieb in der Seemitte. Im Schattenstreifen unter Land war der Wind frisch und kühl.

XII

Verrückter Traum heute nacht. Vielleicht die Hitze. Oder
der bevorstehende Aufbruch. Im Traum bin ich schon
am Seeufer, will das Boot sehen. Man hat mir gesagt
(ich weiß nicht wer), es sei überholt worden. Es soll
beim Doktor liegen (ich weiß nicht warum, dort ist das
Boot nie gewesen, aber im Traum ist es mir selbstverständlich, ich frage nicht weiter). Ich gehe zum Haus
des Doktors, am Seeufer entlang. Das Haus ist unver-
ändert, auch der Garten, der bis zum Wasser führt, mit
Rasen und Koniferen, mit Lilien, Cosmea und Löwen-
maul, mit der Jauchengrube, den Erdbeeren, dem Pe-
tersilienbeet, den Feuerbohnen am selbstgebauten Ge-
stell, hinter dem die Kaninchenställe verborgen sind,
der Kohlenhaufen und verschiedene Schrotteile. Gleich
daneben der Holzhaufen, Kiefernbruch. Alles wie immer. Ich gehe durch den Garten wie durch die Tage des
Doktors, den mein Vater Arturo nannte. Der Garten ist
still, die Beete stehen üppig, Arturos Leben ruht in der
Sonne, es ist über das frühere, das Dr.-med.-Leben, hin-
weggewachsen und hat es zugedeckt. Am Steg, einem
Flickenteppich aus Bretterresten, liegen die Boote im

Wasser. Der Drachen ist nicht dabei. Die »Rohrdommel«
von Arturo, die Boote seiner Söhne und Enkel, Surfbretter, Ruderkähne. Auf dem Steg Taucherbrillen, Segel,
Enden, Angelzeug. Ein Seglergeschlecht. Nebenbei haben sie auch Berufe, studieren, gehen auf Schulen und
zur Armee, aber alles nur nebenbei, neben dem Segeln.
Arturo ist nicht zu sehen. Am frühen Nachmittag schläft
er und will nicht gestört werden, erst zur Kaffeezeit er-
scheint er wieder. Ich geh ins Haus, weiß, wo das Boot
stehen muß, unten, drei Stufen hinab, im Souterrain. In
dem halbdunklen Raum sehe ich zwei gewaltige Balken,
vorn gekrümmt, Schlittenkufen ähnlich, sehr dunkel
das Holz, wie angebrannt und halb verkohlt an den Enden. Ein Schrecken faßt mich, ein schreiendes Entset-
zen: ich begreife, wieso weiß ich nicht, bin immer noch
allein in dieser leeren Nachmittagsstille, daß diese beiden Balken der Rest des Bootes sind. Es ist nicht mehr
da, ist hin, aus, vorbei. Ich schreie erschrocken, wütend
und hilflos, bin betrogen worden, es ist hin, weniger als
ein Wrack, nicht mehr zu retten, und die haben mir gesagt, es wird überholt. Enttäuschung, Schmerz, ich weiß
nicht was, jedenfalls ein rasendes Gefühl füllt mich aus,
wußte nicht, daß es so schlimm sein kann. Ich haste die
Stufen wieder hinauf, laufe durch den Garten, renne am
Ufer entlang, hin zu der Stelle, wo es sommers im Wasser lag, das verschwundene Boot.

Ich kenne den Weg, kenne ihn gut, die Füße wissen, wann die Stolperwurzeln kommen und wann die
Sandlöcher. An der Stelle mit dem hohen Farn vorbei,

den Birken, der kleinen Anhöhe, die wie immer ihren Postkartenblick auf den See anbietet. Das Gefühl von etwas Unannehmbarem, das ich auch körperlich spüre, krampfig-lastend, mildert sich. Dieses Schmerzvergehen tut wohl. Der Atem geht langsamer. Vielleicht ist es die gleichmäßige Reihung der Kiefern auf der Waldseite, die mein Rennen und Atmen mäßigt, ihr vor achtzig Jahren gepflanzter märkischer Gleichschritt, der sich auf mich überträgt. Oder auch die lichte Durchsichtigkeit ihrer Zwischenräume. Oder liegt es daran, daß keine Zäune mehr da sind? Erst jetzt, da ich langsamer geworden bin, bemerke ich es. Der Weg ist nicht mehr eingegattert von Holz und Draht, der Wald darf wieder zum See. Die Befreiung des Waldes hat stattgefunden, die zeitweiligen Okkupanten sind verschwunden, die individuellen Freizeitfestungen, die Bürgerburgen aus Spanfaserplatten und Eternit sind weggehoben, irgendwohin unter Bäume versetzt, wo ihr kleinliches Mittelmaß weniger stört. Zäune sind verboten. Nichts trennt mehr. Ich gehe das altbekannte verwandelte Seeufer entlang, der Schmerz um ein Irgendwas ist jetzt nur noch ein dünnes Rinnsal. Ich laufe immer weiter, und neben mir geht der Wald im Gleichschritt der Kiefern, der Schmerz versickert, und ich gehe, beruhige mich.

Im Erwachen erfüllt mich Verwunderung über die Heftigkeit der geträumten Empfindungen. Seltsam, dieser wilde Schmerz um das Boot, und dann diese milde, mildernde Gegenwart von Ufer und Wald. Ich versuche nicht, mir den Traum zu erklären. Vielleicht, denke ich,

ist Heimweh auch die Sehnsucht nach einem unzerstör-
ten Ort, überhaupt nach etwas Unbeschädigtem, Un-
zerstörtem, von dem wir hoffen, daß es Kraft über uns
gewinnt und uns heilt.

Seit Tagen ging Ostwind. Klarer Himmel, Tag und Nacht.
Wellenschlag ans Ufer, Tag und Nacht. Der Wind raufte
die Erlen und Eichen am Seerand, sie rauschten nicht,
es war ein helleres Geräusch, eher ein Rascheln. Die
Schmetterlinge und Mücken, die nachts stets um die
Lampen tanzten, waren verschwunden, der Wind hatte
sie weggeweht. Alles zitterte, flatterte, schwankte,
neigte sich, nur der Himmel stand still über den festen
Säulen der Kiefern. Abends saß ich draußen, manchmal einfach auf der Hausschwelle, und sah die Bäume
an, ging mit dem Blick die Stämme hinauf bis zu den
Kronen, die sich ineinanderflochten zu einer bewegten, dunklen und doch durchscheinenden Decke. Nur
vor dem Haus, wo der Sitzplatz war, blieb eine Öffnung.
Ich saß auf der Schwelle, hatte über mir das stumme
Sternflimmern und neben mir, dicht neben mir, den See
und das Boot, denn der Wind trug alle Geräusche zu mir
unter die Bäume, ich konnte, so schien mir, den Drachen mit der Hand berühren, seinen stampfenden Tanz
auf dem Wasser. Er riß an den Anlegeenden, die Pfosten
zitterten, der Steg ächzte in der Dunkelheit. Die Blätter
der Bäume um mich herum zischelten. Ich saß mitten
in diesem allgemeinen Beben, zittrig und ruhig zugleich.
Wo mochten sich die Nachtfalter versteckt haben bei

diesem Wind, der etwas Durchdringendes, Unnachgie-
biges hatte? Er verwischte das Wochenendgelächter
fröhlicher Runden unter bunten Lampions, zerfetzte
Schlager zu Stotterliedern, trug heimliche Worte weiter.
Ich saß auf der Schwelle und gab dem Wind Rotwein
zu trinken. Mein Wochenleben trieb davon, alltägliche
Handreichungen, Fingerzeige, Fußtritte, alles wehte davon in diesem dünnen und starken Geraschel.

Ich nahm das Glas von der Schwelle, ging über die
Wiese zur Gartenbank und streckte mich darauf aus.
Der Himmel funkelte. Ich fühlte eine angenehme Leere,
eine leere Leichtigkeit, eine Art grundloser Zuversicht.
Die Bank war zu kurz, meine Füße fanden keinen Halt;
ich stand wieder auf und ging auf der Wiese hin und her,
lehnte mich schließlich an einen der Bäume und legte
die Hände auf seine Rinde. Verwundert spürte ich die
Stärke meiner eigenen Anwesenheit.

Unter den schwankenden Kronen der Kiefern hüpf-
ten Sonnenflecken auf dem Moos und den Nadeln hin
und her, der Waldboden war ein Tigerfell, gefleckt und
im zuckenden Sprung. Noch immer ging Ostwind. Die
Stämme glänzten. Unter den Bäumen sah ich ihn heran-
kommen, sein weißes Hemd zog durch das Springspiel
von Schatten und Licht eine helle Linie.

Aber ich hatte ja noch die abgewetzten Hosen und
den alten Nicki an! Ich bemerkte es erst in diesem Augenblick. Der Morgen war vergangen, ohne daß ich in
den Spiegel gesehen hatte. Ich hatte aufgeräumt im

Haus, zwei Stunden lang wie in einem Anfall, hatte Bücher hin und her getragen, einen spinnwebumflochtenen Immortellenstrauß weggeworfen, unter meinem Bett mit einem feuchten Lappen Flusen gefangen. Alles, was ich schon lange hatte tun wollen und dann nicht einmal angefangen hatte. Nicht um das Haus zu verschönern heute und zu schmücken: siehe, es ist alles bereit. Es war auch kein Ausfüllen von Wartezeit, keine Umformung von nervöser Spannung in Motorik. Einfach so. Ich hatte in den letzten Tagen auch die Gartenstühle neu lackiert und die Hecke, die die Wiese vorm Haus umgrenzte, zurückgeschnitten: vorsichtig, so daß man es nicht sah. Ich trug Kissen hinaus und legte sie auf die weißen Gartenstühle, da sah ich ihn unter den Kiefern, zwischen den springenden Sonnenflecken, und hörte schon die trockenen Ästchen unter seinen Turnschuhen knacken.

Soll ich was mitbringen, brauchst du was? hatte er nur gesagt am Telefon, überrascht von meinem Anruf: Es sei ein so schöner Wind, einmalig, wie meine Freundin Veronika sagen würde. Soll ich was mitbringen, hatte er nur gesagt, nicht: Ich freu mich, wie nett oder ähnliches; dann hatten wir über Züge und Anschlüsse geredet. Er kam auf mich zu und streckte mir mit einer um Entschuldigung bittenden Geste und ein wenig hochgezogenen Schultern seine dunkelblaue Falttasche entgegen. Er lächelte, während ich den Beutel auseinanderzog und hineinschaute. Ich war ihm zwei- oder dreimal begegnet nach seinem Besuch; einmal, in einem Kino, war er mit dem hinausströmenden Publikum beinahe neben mich geraten, aber meine Furcht vor einem neuen Anfall meiner damaligen Heiserkeit war zu groß; immer war es mir gelungen, irgendwelche Leute zwischen uns zu schieben, mich abzuschirmen, hastig woandershin zu sehen und zu reden. Der Kuchen war derselbe wie damals, Rosinenkuchen in Silberfolie, der Wein war vielleicht eine andere Marke, aber jedenfalls wieder ein Rotwein, und dabei war es nicht nötig, mich an damals zu erinnern, ganz genau hatte ich alles im Gedächtnis, seine Ironie, meine sonntägliche Bemühtheit und dann dieses hilflose Wegbleiben der Stimme.

Ich sah den Rosinenkuchen und mußte lachen, und auf mein Lachen kam Hanns gerannt. Er musterte Georg und die Tafel Schokolade, die er auf den Tisch gelegt hatte, und lief wieder davon in den Wald, Höhlen bauen.

Du bist braun, sagte Georg, bist du viel gesegelt?

Ja, schon, an den Wochenenden. Gehn wir zum Boot?

Er wollte nur etwas trinken. Und, wenn möglich, eine Kopfbedeckung gegen die Sonne, daran hatte er nicht gedacht.

Ich hatte Fruchtsirup im Haus und ziemlich kühles Wasser, schon am Morgen von der Pumpe geholt, und rührte ihm eine Limonade. Keine große Bewirtung, sagte ich, keine Weinflaschen im Eimer mit erdkaltem Brunnenwasser, wie ich es früher hier einmal kennengelernt habe.

Ich bemerkte, daß ich an Bewirtung überhaupt nicht gedacht hatte, aber es beunruhigte mich nicht weiter.

Wir fanden einen Hut, der ihm paßte, und gingen zum See.

Wir deckten das Boot ab. Der Ostwind machte das Ablegen leicht, einfach die Segel hoch und los. Georg nahm die Fock, ich legte ihm das Ruder in die Hand. Du bist doch schon gesegelt? fragte ich.

Ja, sagte er und lächelte wieder. Erst jetzt fiel mir ein, wie er damals vor mir gesessen hatte, in dem durchnäßten Hemd, in der einen Hand die Fockschot, in der anderen die Zigarette sinnlos hochgereckt, während schon der nächste Spritzerschwall ins Boot flog. Ich sah ihn an und bemerkte, daß er tatsächlich hohe Schultern hatte, die fast waagerecht von seinem schmalen Hals wegführten, und diese Eigentümlichkeit seines Körperbaus, die wie eine aufmerksam-schüchterne Bereitschaft wirkte, gefiel mir.

Ich nahm die Hand vom Steuer. Fühlst du den Wasserdruck? Und jetzt suchst du dir einen festen Punkt am Ufer, den steuerst du an. Bleib sanft, das Boot liebt sanfte Bewegungen, so hat es mir mein Vater beigebracht. Ich bin sicher, du kannst es.

Wir segelten, ohne zu sprechen. Der See war fast leer in dieser späten Vormittagsstunde, vielleicht suchten die meisten Segler schon einen Liegeplatz für die Mittagspause, oder es waren weniger Boote unterwegs, der Sommer ging zu Ende.

Wie warm der Wind ist, sagte Georg. Er blickte konzentriert aufs Ufer, sein Mund lächelte immer noch ein wenig. Ich sah, daß sich seine Haut auf den Armen rötete. Er hatte die Hemdsärmel hochgekrempelt, ich bemerkte, daß seine helle, trockene und empfindliche Haut sofort auf die Sonne und den Wind reagierte. Es ist dumm, Ironie für den Ausdruck von innerer und äußerer Robustheit zu halten, und doch war es mir unterlaufen. Ironie war kein Ausdruck von Stärke; Gelassenheit war zwar ein Gegensatz zu Eifer, zu meinem Eifer, zu meinem Fleiß, zu meinem Alles-erfüllen-Wollen, aber doch nicht Stärke und längst nicht Überheblichkeit, wie es mir manchmal vorgekommen war.

Die Mittagssonne war stark. Keine Augustsonne, eher wie eine Junisonne. Georg fixierte lächelnd das Ufer. Ich hatte ihn nie angesehen, vielleicht aus Furcht vor seinem ironischen Blick. Sein Gesicht war blaß und schattig, nicht nur, so schien mir, vom Schatten der breiten Hutkrempe. Sein Gesicht hatte etwas Einsiedlerisches bekommen, etwas Abgewandtes, was ich früher nicht bemerkt hatte und was ich nicht sehen wollte und fortwünschte. Schade, daß ich ihn unaufmerksam angesehen hatte, früher. Etwas war anders geworden, etwas Freches hatte er gehabt, eine Spur Huligany. Er hatte sich abgesondert zu seinen Klassikern, die er kommentierte und übersetzte, er hatte wenig veröffentlicht, und das, was ich gelesen hatte, war mir schweigsam erschienen. Es war vielleicht sehr gut, aber es hatte mich auf eine unliterarische Weise unruhig und ein wenig traurig gemacht.

Der Wind wurde stärker. Georg bekam eine Falte zwischen den Brauen, er sah mich fragend an. So weiter?

Du, ich glaub, wir segeln heute den ganzen See runter. Für Hanns hab ich einen Pudding gemacht, der weiß Bescheid und verhungert nicht. Und du?

Darf ich rauchen?

Das hängt vom Wind ab. Jetzt besser nicht, später, wenn wir Achterwind haben. Der Käptn rauchte immer bei Achterwind.

Wir sahen zu, wie die Ufer vorbeizogen: Landzungen, vom Wind gebogenes Schilf, Wald, zwischendurch Wiesen und Felder, dann wieder Wald, landeinwärts ansteigend zu Hügeln. Ein plötzlicher Windstoß riß Georg den Hut vom Kopf, wirbelte ihn hoch, und während wir beide uns noch nach ihm umdrehten, war das Boot schon vorwärtsgeschossen, wir sahen den Hut weit entfernt von uns in steilem Bogen herabfallen. Er schwamm noch eine Weile auf den Wellen, ich konnte ihn erkennen, aber nicht mehr erreichen. Es war ein Filzhut, der sich bald mit Wasser vollsaugen und sinken mußte.

Schade, sagte ich. Das war ein Hut vom Käptn.

Sollen wir umdrehn? Ihn rausfischen? Glaubst du, wir können ihn erreichen?

Ehe wir hinkommen, wenn wir hinkommen, ist er untergegangen. Ich habe das Mann-über-Bord-Manöver nie richtig geübt, muß ich zugeben. Und Hut-über-Bord ist vielleicht noch schwieriger.

Es tut mir leid.

Das braucht dir nicht leid zu tun. Der Tag ist viel zu schön.

Merkwürdig, das hatte ich schon mal gedacht: was für eine lange Vorgeschichte für diesen Augenblick. Die Erfahrungen wiederholten sich. Aber vielleicht hatte jeder gelebte Augenblick eine Vorgeschichte, kam von weither, aus früheren Zeiten des eigenen Lebens, war vorbereitet worden und gewachsen.

Keinen Hut und kein Boot.

Georg sah mich fragend an.

Ich brauch sie nicht mehr. Jetzt nicht mehr. Eine Zeitlang hab ich sie gebraucht, man kommt eben manchmal nicht ohne sie aus, diese tröstlichen und faßbaren Dinge. Drehn wir um? Dann kannst du rauchen.

Wir wendeten. Georg kroch in die Kajüte und zündete sich eine Zigarette an.

Die Erinnerungsstücke, die Erbstücke: plötzlich sind sie Reliquienschrein der Erinnerungen an uns selbst: so war ich, und so schwer hab ich's gehabt, und ich hab's doch geschafft.

Georg rauchte und sah mich an. Er sagte nichts.

Ich dachte, ich brauch sie, den Hut, das Boot; ich dachte, sie müssen mich an den Käptn erinnern, dabei brauche ich ihn und nicht die Dinge. Eben weil man einen Menschen braucht und den fortdauernden Umgang mit ihm, erinnert man sich. Du hattest damals, an dem düsteren Winterabend, als du mir deine Predigt hieltest – erinnerst du dich? – über die Angst vor der Leere, doch recht. Ich gehorchte den Dingen. Nur war es mir nicht klar, weil ich es ungern tat. Überhaupt habe ich immer gemacht, wozu ich keine Lust hatte. Folgsam und eifrig. Du, es ist schwer, das loszuwerden. Ich bekam etwas aufgehalst und erledigte es. Nicht ohne zu seufzen. Über das Boot habe ich soviel geseufzt und geklagt, daß es zum Lachen ist. Aber ich habe wirklich geglaubt, das Boot mache mich zum Sklaven, und dabei war ich es selbst. Ich sah es mit finsteren Blicken an und gab ihm die Schuld, ich gewöhnte mich daran, ihm alles in die Schuhe zu schieben. Aber wie du siehst, fang ich an, etwas zu lernen: ich laß den Hut davonfliegen, ohne Bedauern. Ich freu mich. Es ist ein schöner Tag.

Ich seh ja, sagte Georg und stieß den Rauch der Zigarette langsam aus, ich seh ja, daß du die Schoten in der Hand hältst, daß du alle Fäden halten kannst. Ich hab das schon im vorigen Sommer gesehen, als ich in deine Sonntagsgesellschaft hineinplatzte, unpassend und störend. Das hat mir aber nicht leid getan, weil ich dir zusehen konnte und in deiner Unterordnung eine Art Stärke fand.

Wie nett du dich wieder irrst.

Als ich heute vormittag durch den Wald kam, hab ich dich hin und her gehen sehen, zwischen dem Haus und dem Sitzplatz, eilig und zerrauft wie immer. Plötzlich hab ich begriffen, wie du bist. Ich seh mir gern Gesichter an, in den Zügen, in der S-Bahn, auf der Straße. Männer, Frauen. Es gibt Menschen, die kapieren ihr Leben lang nicht, wie sie aussehen; die bringen ihr Gesicht mit den Haaren nie in Einklang, die sehen immer aus, als suchten sie was. Manche suchen und probieren, man merkt es, sie möchten jemand sein, und doch wirken sie immer, als wäre etwas von ihrem Gesicht geliehen. Bei anderen ist von Kindheit an alles klar und harmonisch. Zu denen gehörst du wohl nicht. Aber auch nicht zu den anderen, den Herumprobierern und ewig Schiefen, wie ich zuerst geglaubt habe, als du diese ausgefransten Selbstverleugnungsschnitte trugst. Andere wählen eine falsche Frisur und halten an ihr fest, ein ganzes Leben, wie an einer Überzeugung. Meine Mutter habe ich stets mit platinblonden Locken gesehen, die sie einem Filmidol abgeguckt hatte und die sie behielt, während sich ihr Gesicht veränderte und besonders ihre Stimme. Ich erinnere mich noch an den unsicheren Ton der Fernstudentin, die ihre Lektionen wiederholte, dann bekam sie ein Dozentenorgan, und jetzt hat sie diese Ministeriumsresonanz drin – und immer unter diesen fremden, noch fremder werdenden platinblonden Locken, die sie entschlossen beibehält. Man muß sich selbst treu bleiben, sagte sie. Ich habe solche Leitsätze von ihr nie gemocht, die klingen nach Ausreden. Heute vormittag habe ich dich gesehen, unter den Bäumen, eilig und zerrauft. Ich habe dir zugesehen, wie du die Kissen rausbrachtest und auf die Stühle legtest – du warfst sie mehr, als daß du sie legtest, mit einem schlenkernden Schwung, ohne Fürsorge; es war eine Bewegung, die mich nicht im geringsten überraschte, die mir vertraut vorkam ...

Zum Glück kann man sich korrigieren, wenn man sich irrt, sagte ich. Ich dachte an den Winterabend und an seine Predigt. Als ich dich das erstemal traf, hielt ich dich für ziemlich ausgepustet.

Was soll das heißen?

Warst du es etwa nicht? Ungefähr so wie ein ausgeblasenes Ei.

Ich wollte damals einfach aussteigen. Ich hatte den Aktivismus immer vor Augen, das berühmte Vorbild. Die alles schaffen mußte, die daran glaubte, als einzige, daß die anderen an sie glaubten. Schneller, weiter, höher. Dozentin, Fachberaterin, Direktorin. Nein, es war nichts passiert, was ihr und mir plötzlich die Augen geöffnet hätte, keine Krankheit, kein Infarkt, nicht der berühmte Moment der Besinnung durch einen Schicksalsschlag. Ich sah sie nur damals, als ich noch bei ihr wohnte, manchmal am Abend. Da war ihr Gesicht wie weggerückt von ihr, sie saß so da und rauchte und trank den guten Kognak, den sie sich leisten kann, und der kleine Farbfernseher ging. Sie tat mir entsetzlich leid, sie schmerzte mich wie ein Schmerz, den man nicht mehr loswird. Sie suchte nach etwas, woran sie denken konnte, und dachte doch nur an die Geschäftigkeit und den Aktivismus, die sie am nächsten Tag aufbringen mußte. Die Forderung des Tags, hätte sie in Lehrerdeutsch gesagt und damit alle Zweifel zerstreut. Weitermachen, egal warum. Sie tat mir leid, aber ich wollte auch nicht, daß sie es merkt. Die Generation der undankbaren Söhne, hätte sie gesagt. Wenn du sie sähest, würde dir der Gedanke vielleicht gar nicht kommen, daß ich sie bedaure. Platinblond und schlank, nur das Gesicht ein wenig aufgedunsen, gut geschminkt, gut angezogen, immer diese Kostüme, die so aussehen, als erwarte sie, daß man ihr wieder einen Orden ansteckt. Vorzeigbares Beispiel für gehorsame Gleichberechtigung. Nur dieses Gesicht abends. Ich hatte gesehen. Ich war erschrocken. Wollte was andres, das war der Grund meiner Predigt.

Und jetzt hast du dich mit den Klassikern verbündet? fragte ich, aber ich ärgerte mich über diese Frage, sie klang falsch, nach Vorurteil und Voreingenommenheit.

Ich halte keine Predigten mehr, sagte Georg einfach. Was muß ich jetzt tun? Landen wir?

Wir haben noch Zeit.

Der See glitzerte unter den schrägen Strahlen der Nachmittagssonne. Plötzlich war es schon Nachmittag. Vom Ufer kamen uns die raschelnden Schatten der Bäume entgegen.

Wir haben noch Zeit, sagte ich, fahren wir noch ein Stück den See hinauf. Es gibt beim Segeln, genauer gesagt in der Regatta, eine Situation, die man die »aussichtslose Position« nennt. Das hat mir der Käptn mal erzählt. Es bedeutet, man ist wie eingekreist, abgeschnitten. Stell dir vor, dort vor dir segelt ein anderes Boot, das nimmt dir den Wind und wirft dir dazu seine Bugwellen entgegen, so daß du gebremst wirst. Du kannst aber auch nicht zurück, weil hinter dir ein anderer ist und neben dir noch einer, dem du den Wind nimmst und der deshalb nicht schneller werden kann. Auch er hindert dich, einfach auszubrechen, weil er von dir gehindert wird. Was würdest du tun? Das wichtigste ist, sagte der Käptn, daß man sich dieser hoffnungslosen Stellung bewußt ist. Merkwürdigerweise rät die Seglererfahrung, nicht zu wenden, nicht auszubrechen: keine Manöver. Eine Regattaregel sagt, man sollte in der »aussichtslosen Position« bleiben, das ist meist besser, man kann dann immer noch in der Gesamtwertung ganz vorn liegen. Die Frage ist eben nur, ob einem die hoffnungslose Stellung und ihre Möglichkeiten klar sind.

Georg lachte.

Wir hatten Reis gekocht und eine Büchse Fleischklößchen gewärmt, wir hatten gegessen und verschiedenes getrunken, Hanns hatte im See gebadet und war schließlich eingeschlafen. Wir saßen unter den Kiefern. Ich spürte auf der Haut die Sonne und den Wind dieses Tages, aber mir war, als spürte ich sie nicht mit meiner, sondern mit Georgs Haut. Der Westhimmel über uns blieb lange weiß, mit einem rötlichen Rand, wo der Wald dichter wurde. Die Wipfel fingen noch immer einen rosa Schein auf.

Der Wald raschelte. Das Boot mit seinen klatschenden Sprüngen war nahe, der Ostwind dauerte.

Morgen wird es wieder so schön werden.

Wer hatte das gesagt, in das Rascheln hinein. Der andere widersprach nicht, obwohl wir doch wußten, daß sich nichts wiederholt.

Was für ein Tag, erinnerst du dich?

Wo ritzten wir unsere Schildbürgerkerbe ein?

Erinnerst du dich, daß wir uns alles sagten, was wir dachten? Wir wollten keine Urteile mehr fällen, einer

über den anderen; nichts verletzte, alles konnte gedacht und also ausgesprochen werden.

Wir sahen zu, wie das Weiß des Himmels über uns immer mehr ins Blau ging, und wir wollten der Anziehung,
die wir fühlten, folgen. Nicht weil wir einander brauchten, nicht weil einer dem andern das Leben leichter machen konnte, nicht weil einer die Stütze des andern sein
sollte, damit das Leben besser funktionierte. Wir wollten nicht einander die Hand geben, nicht einander um
Hilfe bitten. Der Sinn mußte sein, daß einer im andern
sich selbst erblickte, daß jeder sich ganz erkannte: daß
jeder im andern das bis dahin verborgene Geheimnis
der eigenen Möglichkeiten oder Hoffnungen sah, das
nur der erkennt und bewahrt, der einen liebt. Denn
der, der dich liebt, sieht dich, wie du sein und werden
kannst, er entdeckt deine Wahrheit, die du nach seinem
Bilde formen sollst. Dieses Bild, Georg, das wir trotz
aller Irrtümer geahnt und aufbewahrt hatten, konnten
wir nun einander zeigen.

Erinnerst du dich? Wenigstens an diesen beharrlichen Wind wirst du dich erinnern.

Wir gingen zum See hinunter, mit der kaum wahr-
nehmbaren Spannung, die immer vor einem Aufbruch
herrscht. Der Osthimmel war schon dunkel, tiefblau.
Auf der Schwärze des gegenüberliegenden Ufers blinkten nur wenige Lichter. Sie blitzten auf und erloschen,
vielleicht weil sich vor ihnen Bäume im Wind bewegten
oder die warmen Luftmassen, die über dem noch immer
rollenden, klatschenden See aufstiegen. Zerrend und

gezerrt lag das Boot im Anprall der Wellen. Der Wind trug Fetzen einer Marschmusik heran, einen dumpfen Rhythmus. Das Schilf raschelte.

Unruhe des Ankommens und des Aufbrechens. Wir mußten davontreiben durch Schilf und schwankende Schlingpflanzengründe, davontreiben zu irrenden Lichtern, und ankommen, ein Ufer erreichen, schiffbrüchig, verloren und gerettet. Übereinandergeneigt, umeinandergeschlungen: das Wasser tropfte aus den Haaren, der See tropfte aus den Körpern, fast waren wir untergegangen, fast am Grund.

Ja, wir waren am Grund, hinuntergetrieben, hineingestoßen, vergangen, am Grund des anderen. Wir hatten den See überquert und ein Ufer erreicht; harte, schlagende Wellen hatten uns begleitet, vielleicht einen Tag lang, eine Nacht, vielleicht schon viel länger, der See hängte sich in unser Haar, der Atem verging im See – aber vielleicht war es keine Nacht lang, wie lange brauchte man, um zum Grund zu sinken und wieder aufzutauchen, vielleicht war es derselbe Augenblick, Ankunft und Aufbruch?

Wir waren wieder zur Oberfläche getrieben. Über uns, ganz nah, standen die Sterne. Im Wind hingen noch immer abgerissene Stücke der Marschmusik. Die Lichter am anderen Ufer blinkten noch immer: an – aus – an – aus, wie viele kleine Leuchttürme.

XIII

Kutte steht unter der Haustür. Ich komme die Einfahrt hinauf, den prächtigen Betonweg, an dem Rosen stehen, über und über voll Knospen. Dahinter sind Steine aufgeschichtet, kleine runde Findlinge, den ganzen Weg entlang ein Steingartenbeet. Alles, wie es sich gehört. Der Rasen ist gemäht. Über den Kiefern ragt eine Antenne in den Himmel, neu und riesig. Kutte folgt meinem Blick. Wennschon, dennschon, sagt er, alle Programme.

In Feierabendhaltung steht er da, etwas breitbeinig, vor der Tür seines Hauses, unter seinen Kiefern.

Mensch, sagt er, du hast ja graue Haare gekriegt.

Würde Kutte mich nach meiner wichtigsten Erfahrung fragen, so müßte ich antworten: Ich bin dort schneller gealtert. Nein, das ist nicht richtig, ich müßte sagen: Dort kommt es mir vor, als altere ich schneller.

Kutte sieht mich an. Er betrachtet mich ohne Neid, ohne Mitleid. Er begreift meine Anhänglichkeit. Meine Pendelbewegung wundert ihn nicht, er steht gut unter seinen Bäumen. Wie es uns ergangen ist? Gut und schlecht, die Unterschiede zwischen meinem und seinem Leben, meint er, sind unwesentlich. Sein Hund ist nicht mehr da, der Buck, mit dem er abends seine Runde machte und bei mir vorbeikam, um ein bißchen zu quatschen; den Hund mußte er erschießen lassen. Und die Hand ist immer noch geschwollen, dieser verfluchte Bruch. Und er hat wieder gebaut, noch vor dem Unfall, dem Ehrenhandel: umgebaut, angebaut, mit Holz verkleidet. Er zeigt mir, er läßt mich bewundern. Im Keller hämmert der Sohn. Den Füller hält er noch nicht so gut wie den Hammer, sagt Kutte stolz, aber meine Frau ist hinterher bei den Schularbeiten. Sie hat eine neue Arbeit, bei der Gemeinde ist sie, Abteilung Gebäudewirtschaft. Die registrieren und verwalten Gebäude: Häuser, Lauben, Bungalows, auch deine Hütte. Die Arbeit ist angenehm, halbtags, und sie soll sich qualifizieren, und sie kann mit dem Fahrrad hin. Der Junge braucht sie auch.

Jens taucht aus dem Keller auf. Er hat etwas Zusammengenageltes unterm Arm. Ich geh eine Bude bauen, sagt er, und verschwindet mit Räuberaugen im Wald hinterm Haus. Wie er Kutte ähnelt, denke ich, es ist also wahr, daß Adoptivkinder die Kinder ihrer Eltern werden.

Am Boot konnte ich nicht viel machen, sagt Kutte. Hab ich dir ja geschrieben. Die Hand. Und dann, für die weichen Stellen, da muß ein Bootsbauer her, das trau ich mir nicht zu. Dieses Jahr schwimmt es noch, darfst nur nirgends anstoßen.

Gehn wir rüber zum See?

Wir durchqueren sein Grundstück: Rasen, Garten, Wäschetrockenplatz, Lagerplatz. Hier sammelt Kutte

Seltenes, Reparaturbedürftiges, Nützliches, Wegzuwerfendes. Die Haufen wechseln von Jahr zu Jahr, gleich bleiben nur der Holzstoß, von dem ich mir, wenn ich friere, Holz für den Kamin holen darf, und der Flaschenberg, der zu groß ist, um jemals abgetragen zu werden. Hinter dem Zaun ist wieder Wald.

Wir gehen nebeneinander, es ist angenehm, das Moos unter den Füßen zu spüren. Es ist angenehm, mit Kutte zu reden, wir halten was voneinander, da hat sich nichts geändert.

Der Wald blüht, sagt er und deutet mit dem Kinn in die Richtung, in die ich sehen soll.

Tatsächlich, wo früher der grüne Moddertümpel war, leuchtet es weiß und blau und rot. Beim Näherkommen kann man einen Kinderwagen, Gartenstühle, Plasterohre unterscheiden, die aus einem Gerümpelhaufen ragen.

Aus dem Wald dringt das Hämmern der budenbauenden Kinder. Wie ein Echo antwortet Hämmern von allen Seiten, von Zäunen, Häusern, Garagen.

Aber ist es denn nicht verboten, am See zu bauen? frage ich.

Kutte legt sich mit dem Fuß eine verrostete Blechbüchse zurecht und schießt sie in die Brombeerhecke am Wegrand. Das sind die unsichtbaren Anbauten, sagt er.

Und was tut diese Abteilung, bei der deine Frau jetzt arbeitet?

Anträge werden natürlich abgelehnt, sagt Kutte.

Der Drachen liegt am alten Platz im See. Das Schilf hat sich gelichtet; von Jahr zu Jahr wird es dünner, vom Ufer aus sieht man jetzt den ganzen Steg und die Plattform und das Boot. Kutte hat zwei neue Pfähle in den Grund geschlagen, auf dem Wintereis stehend, und auch den Steg hat er gerettet, nämlich wieder eingesammelt und zusammengenagelt, als die Eisschollen die Bretter hochgehoben und weggetragen hatten. Das war das letzte Mal, daß er mir diesen Steg zusammengeflickt hat, sagt er, wie er immer sagt. Das Boot liegt unbeweglich im trüben Wasser. Von weitem sieht es noch immer schön aus, mit seinem schlanken Körper und dem hohen Mast, den feinen Linien der Stage und Pardunen. Aber von nahem ist es nicht mehr ganz so weiß. Das Seewasser hat auf dem Bootskörper in den paar Wochen, die es draußen ist, schon einen schmierigen dunklen Rand hinterlassen. Die Farbe auf Deck hat Flecken, das Waschbord fehlt, um den Bordrand führt eine Kruste aus grauem Kitt.

Nichts zu machen, nicht zu ändern. Ich bin weit weg, und Kutte hat sich den Arm gebrochen. Ich muß zufrieden sein, daß er das Boot überhaupt ins Wasser gekriegt hat. Einen Kran hat er diesmal kommen lassen, anders wars nicht zu schaffen, sagt er, und als das Boot endlich im Wasser lag, haben sie gesoffen wie die Stinte. Ich muß zufrieden sein, ich bin zufrieden. Da liegt das Boot. Die Beschläge sind alt und zerfressen, der Rost ähnelt schwarzen Narben. Ich sehe auf diese Roststellen, und auch die weichen Stellen im Holz fallen mir wieder ein.

Eine Wiedersehensfreude hatte ich erwartet, einen Jubel in mir, ein Draufspringen, Umarmen, Lossegelnwollen, große Bewegung nach langer Trennung.

Da liegt das Boot, sage ich mir. Ich gehe an Bord, und während ich die Plane abdecke, sehe ich die Risse im Lack auf dem Mahagonidach der Kajüte, die Flecke auf dem Nylonsegel, das wie immer mit einem krummgebogenen Nagel statt mit einer Schraube am Großbaum befestigt ist. Es ist so, wie es ist. Na gut. Wenn der Wind kommt, werden wir segeln. Für diesen Sommermonat haben wir ein Boot. Ein paarmal wird es mich über den See tragen, ich werde, wie immer, Herzklopfen bekommen, wenn der Wind stark wird, und dann dies herrliche Gefühl, daß ich nur ihm gehöre, los vom Ufer, uferlos bin. Kein Wiedersehensjubel. Keine Bindung. Meine Sehnsucht ging nicht hierher, nicht der Drachen ist das Ziel meiner Gedanken gewesen. Und doch habe ich einmal geglaubt, daß er ein Aufbewahrungsort von Unbewußtem sei, ein Ding, behaftet mit Teilen von mir selbst. Ich lege die Hände aufs Deck, auf den Mast, auf das Ruder: dies ist ein Drachen, den ich manchmal benutze. Etwas Zeitweiliges, wie alles, was mich umgibt, hier und dort. Vielleicht habe ich ihn zu oft geschliffen, lackiert, verkittet, geölt; jedenfalls ist das Gegenteil von dem entstanden, was meist geschieht, er war teuer, aber er ist mir nicht teuer geworden. Da liegt das Boot, sage ich mir, Holz, Segel, Lackschichten, Taue und Drähte. Ich habe es beschimpft und gepriesen, in Gedanken verkauft, verschenkt und versenkt; ich habe es geliebt und gehaßt, und jetzt herrscht in mir nur ein merkwürdiges Ungefühl. Meine Erinnerungen haben sich abgelöst, sind aufgestiegen wie eine Dampfwolke, und das Boot liegt da im grünlichen Wasser, nackt scheint es mir, und wir starren es an.

Ist eben alt, sagen wir wie aus einem Mund.

Wir sehen es an mit einer Art Mitleid, in dem auch eine Spur Verachtung ist. Undankbar, unbarmherzig. Kutte kennt das besser als ich, er erlebt es jeden Tag, wenn er die neuen Schrankwände aufstellt bei den Kunden im Bezirk Frankfurt/Oder; wie sich die Leute freuen über das neue gewaltige Möbel, weg mit dem alten Kram! Ist eben alt. Wir altern ja nicht, noch nicht, noch keine weichen Stellen, noch keine Notwendigkeit, einen Fachmann zu konsultieren, glauben wir. Ich halte mich weiterhin für blond und nicht für grau. Kutte, der keinen Schnaps mehr verträgt, hat mir vorhin die roten Flecken auf seinen Armen gezeigt, die kommen und gehen, und keiner kann ihm erklären warum, und dann hat er die Hemdsärmel wieder heruntergezogen. Reden wir nicht davon. Ein diffuses Mißtrauen gegen Dinge herrscht in uns, die mit uns altern: sie könnten uns an etwas erinnern, könnten uns etwas vor Augen halten, könnten sich anbiedern, wenn sie schwach und hilfsbedürftig geworden sind. Nur die sehr alten Dinge, die schätzen wir und nennen sie ehrfurchtsvoll Antiquitäten; sie sind so alt, daß sie uns jung machen, und wir fühlen uns ihnen verpflichtet. Um geliebt und gerettet zu werden, müßte das Boot aus der Klasse der alten

Dinge in die Klasse der Antiquitäten überwechseln, aber ich weiß nicht, ob ihm das gelingt.

Da liegt das Boot, wir könnten segeln. Komm doch mit, Hanns, kannst du den Wald, die Höhle, die Kienapfelschlacht nicht noch warten lassen? Wir könnten segeln, mit der nötigen Vorsicht einem alten Boot gegenüber. Wir können es auch bleibenlassen, wir haben ja noch viele Tage an diesem Ufer. Der gewaltsame Sprung liegt hinter uns, der beeindruckende Alpensalto, und auch die durchleuchtenden Blicke in unsere Augen und Koffer. Jetzt sind wir da, und wir sind es so sehr, als wären wir nie weggewesen. Wir sind angekommen und wissen Bescheid. Wir bestellen im Konsum Milch für morgen, kaufen eine schrumplige grüne Gurke, die einzige Sommerfrucht dieser Breiten, und tragen sie nach Hause zusammen mit der dünnen wortgewaltigen Zeitung. Wir gehen zurück mit derselben Anzahl von Schritten unter denselben Kiefern, und so glauben wir einen Moment, auch wir seien dieselben.

Doch: wir sind von hier, alteingesessen, zu keinem anderen Ort fähig, zu keinem passen wir so gut. Es ist Kutte, der diese Überzeugung in uns bestärkt, Kutte, der immer hier geblieben ist und nirgendwo anders hin möchte, der uns wieder aufgenommen hat in seinem Reich und der mehr weiß von Angst und Heimweh als andere. Vagabunden, das haben wir schon erfahren, sind den meisten verdächtig, Standort wird gern mit Standpunkt verwechselt, darin gleichen sich alle Provinzen. Und doch, wer weiß es nicht, daß man durch

Entfernung näher kommt, durch Distanz besser sieht? Heimweh und Fernweh: altes Leiden, nötiger Schmerz, nötiges klärendes Licht.

Steig ein, komm.

Dies ist ein Drachen. Wir können die Fracht löschen. Keine Geschichten, Erinnerungen, Lehrstückchen mehr. Entlassen wir auch das Personal, diese halberschwindelten Personen; ein paar Lehren haben sie mitbekommen, zum Beispiel, daß man beim Kauf alter Boote vorsichtig sein soll, was wir, zu unserer Genugtuung, schon vorher wußten. Lassen wir den Wind in die Segel, blasen wir unsere paar Erfahrungen nicht auf. Die Versuchung läge nahe: Vom Treiber zum Windjammer / Die Lehre von den Winden und von der segelnden Menschheit. Kein Geisterschiff, keine Narrenkogge, auch kein Panzerkreuzer aufrührerischer Steuerfrauen unter rotem Haarflattern. Vor uns im grünlichen Wasser liegt ein Kielkreuzer, wie wir wissen, der sich für gleichnishafte Ausschlachtung nicht eignet. Ein Boot mit weichen Stellen an der Wasserlinie. Lassen wir die Geschichte gehen. Wir bleiben, wir sind nicht entlassen, haben noch zu tun und zu reden. Komm segeln.

Eine einfache, fast physische Erinnerung.

Die Hand meines Vaters, Minimum sichtbarer Realität, helle Haut und braune Flecken, die Fingerkuppen nikotingelb, breit und weich. Sensualistisch vernarrte Erinnerung. Ihr Streicheln auf der Innenseite meiner (anderer) Hände. Diese flachen, breiten Nägel mit den weißen Monden, Winzigkeiten, die ich fast greifen kann, eine Explosion von Empfindungen.

Die Hand des Käptn auf dem Steuer, neben meiner Hand.

Ich habe darauf gewartet, ihm wieder zu begegnen. Manchmal hab ich versucht, mit ihm zu reden, dort im Süden. Ich habe die Augen geschlossen und bin über die Terrasse unter der Birke gegangen, die Treppe hinauf in die Veranda, wo er in den letzten Jahren saß. Ich fand ihn am Tisch, in der gesammelten Haltung, in der er stets las, die eine Hand ein wenig auf dem Buch liegend, die andere vor sich auf dem Tisch. Der Siegelring aus den früheren Zeiten, eitel damals und bedeutend, mit dem Lübecker Leuchtturm und seinen Anfangsbuchstaben, gehörte nun zu dieser Hand. Er blickte von dem Buch auf, mit dem übergenauen Blick aus der scharfen Lesebrille, und ich fragte ihn, was er lese. Die Großen, sagte er, die ich alle schon kannte, ich entdecke sie. Ich begriff ihn nicht recht, damals, ich hatte alle diese Bücher auch gelesen und Erschütterungen und Versunkenheiten durch sie erlebt, aber nun suchte ich ganz anderes, die nahen, brennenden Wahrheiten der Gegenwart. Merkwürdig, wie sich die Bücher verändern mit unserm Älterwerden, sagte er. Wie alt muß man werden, um alle Lesarten erfahren zu können? Ich wußte keine Antwort, konnte mit ihm über diese Bücher nicht sprechen: es waren verschiedene Bücher für ihn und für mich, vieles trennte uns, auch dies.

Oft bin ich in der Erinnerung über die Terrasse unter der Birke gegangen, die Holztreppe hinauf zur Veranda. Und immer fand ich ihn dort sitzen, aber ich konnte nicht mit ihm reden.

Die Hand des Käptn auf dem Steuer, neben meiner Hand.

Das Licht liegt auf den Ufern, es scheint den See zu meiden. Wir ziehen langsam dahin unter den dahinziehenden Wolken. Es ist dir doch recht?

Falls du mehr Wind willst, halte dich an den Wolkenrand, den östlichen. Wenn Wolken über die Sonne wandern, setzen auf der Ostseite der Wolke böige Fallwinde ein, du kannst das voraussehen und ausnutzen.

Erinnern: ich hab lange gebraucht, um es zu lernen. Sich erinnern, das ist: sich von den Gegenständen befreien. Man muß wohl eine Art Leichtigkeit erlangen. Wein im kalten Brunnenwasser, ein Steg, fünfzig Meter lang in den See hinein, ein Drachen neben der Plattform: ich bewunderte dich, ich verachtete dich. Du wußtest es, hast du mir darum das Boot angehängt?

Du fängst an, dich im Erinnern zu üben, weil du es brauchst. Paß auf, jetzt anluven. Du solltest auch lernen, wie man einen Wolkenrand entlangsegelt.

Und doch glaube ich, daß ich etwas dazugelernt habe, all die Jahre, die ich mit dem Boot zu tun hatte, all die Jahre, die ich auf deinem Platz gesessen habe. Ich habe etwas gelernt über Luxus und Einfachheit, vielleicht auch etwas über dich und mich, nicht viel, nur größere Bescheidenheit.

Wie alt bist du jetzt? Wir kommen uns näher.

Trotzdem muß ich dir noch immer Fragen stellen, unsere Lesarten sind noch immer zu verschieden, noch immer sind wir uns fremd.

Frag, und achte auf den Wolkenrand.

Die Lesarten wandeln sich. Als Kind habe ich dich bewundert und geliebt. Aber vielleicht warst du nicht der, den ich in dir sah, so groß und gerecht, wie man sein mußte, um von mir bewundert und geliebt zu werden. Sehr berühmt wollte ich dich, durch eine Straße wollte ich gehen, die deinen Namen trug, das schien mir damals, als ich zehn war, der schönste Beweis für Größe. Hast du mich enttäuscht? Oder habe ich mich selbst getäuscht?

Du antwortest nicht? Warum hat es diese Trennung gegeben, warum diesen schmerzenden Verlust, der, das habe ich erst später begriffen, beiderseitig war. Warum bist du weggegangen, hast dieses neue Leben angefangen, da du doch unersetzlich in meinem warst? Ich fühlte damals, daß etwas an dir nicht wahr, nicht aufrichtig sein konnte, das war der tiefste Stachel der Enttäuschung. Warum bist du ausgestiegen aus dem alten Leben, aus den Mühen des Kinderaufziehens, den Reibereien: umgestiegen in das Neue, den großen Auftrag, die erste sozialistische Straße, den Dienstwagen, die vererbbare Rente? Warum trankst du so viel? Um dieses Leben zu ertragen, oder ertrugst du dieses Leben, um am Abend trinken zu können? Und wie hieltest du es aus unter diesen Minderbegabten, die mit dir tranken und sich selbst dauernd feierten? Du wandtest dich ab von dem Früheren, dem Architekten der Neuen Sachlichkeit, der Brücken, Türme, Häuser, Kinos, das große Hotel, die Schule gebaut hatte. Ein Mund, der zur Ironie neigte, der Mensurschnitt auf der Wange, die zurückweichenden Haare, eine schöne Stirn, im weißen Kittel am Zeichentisch: der Mann, der heiratete, sich scheiden ließ, heiratete, sich scheiden ließ, meine Mutter heiratete, mit ihr nach Schweden reiste, wo er ihr einen blauen Stoff kaufte, den sie noch in ihrer Kommode aufbewahrt – wer war der? Von dem weiß ich nichts, nichts von dem Gebauten und dem Ungebauten, dem Zerstörten. Ich kenne nur den Saum dieses Lebens, den alten Käptn mit seinem Drachen. Den Käptn, der die Kaffeefahrten liebte, der abends Wodka und Wein trank, und immer weniger vertrug, und der nun mit einer Art Enttäuschung zurücksah auf das neue Leben. Den Käptn, der Aquarelle malte in einer ereignislosen Landschaft, der kein Rentner sein wollte in der Rentnerlandschaft und es doch war. Hättest du nicht mehr sein können in meinem Leben als der Käptn?

Ich bin es.

Ich stelle dir meine Fragen ohne Vorwurf. Sage nicht: die Generation der Undankbaren, das habe ich schon zu oft gehört. Aber ich kenne doch von deinem Leben wirklich nur diesen letzten Saum, und mich schmerzt der Verlust des anderen. Der Käptn auf dem Drachen, auf der Terrasse am See an den warmen Abenden, wenn der Wein, der Wodka, die Worte ineinanderflossen, war abgeschnitten von dem Früheren; aber auch von mir durch den Abgrund von Jahrzehnten, durch mein Besserwissen der Jugend, durch dein Besserwissen des Alters.

Ich habe dir manchmal gesagt, daß du mich später verstehen wirst.

Auch daran erinnere ich mich. Du sagtest es, wenn du sehr viel getrunken hattest, schwankend und leicht verletzbar von meinem verächtlichen Blick; du hattest Tränen in den Augen, wenn du sagtest, auch für dich sei es schwer.

Könntest du nicht versuchen, es zu glauben?

Damals fand ich dich theatralisch. Besoffen und theatralisch. Andere Male, wenn wir vom Segeln zurückkamen, bestelltest du dir eines deiner Lieblingsessen. Bohnen, Birnen und Speck oder Stampfkartoffeln und Buttermilch; dich interessierte das Essen wenig, aber ein paar Gerichte nanntest du immer einfache Dinge, in denen Kartoffeln und Speck und das Süße und das Säuerliche enthalten sein mußten. Da wurdest du ein Früherer, ein Norddeutscher, Lübecker Baumeistersohn, der zu unbekannten Erinnerungen zurückfand. Und von Holunderblüten, in Eierkuchenteig ausgebacken, schwärmtest du, was wir nie gemacht haben. Vielleicht hätte ich es doch einmal versuchen sollen, so schwierig war es ja nicht, nur die Dolden am Baum hinterm Haus pflücken, in Teig tauchen und ausbacken. Welche Erinnerungen hätten sie in dir geweckt? Hättest du deine Mutter wiedergefunden oder deine Schwestern, vergessene Bräute? Wovon hättest du gesprochen, habe ich Gelegenheiten verpaßt, damals und später, habe ich die richtigen Fragen nicht gefragt, hätte ich viel mehr ergreifen können als nur den Saum?

Du fängst an, dir selbst Fragen zu stellen. Tu es auch dir selbst gegenüber ohne vorwurfsvollen Ton. Was haben wir unterlassen, was ich und was du? Wann haben wir den Arm gehoben ohne rechte Überzeugung, wann ich und wann du?

Glaubst du, daß es etwas anderes ist, ob man eine Fassade ändert oder einen Forschungsbericht, nur weil man das eine auf der Straße sieht und das andere nicht? Meine Liebe; du warst mir lieb, weißt du es? Weißt du, daß auch ich Erwartungen gesetzt habe in dich wie du in mich?

Und das Boot? Warum sollte ich das Boot ...

Wie alt bist du jetzt, meine Liebe? Der Architekt in Königsberg, der so alt war wie du jetzt, der hatte einen Namen, keinen Ruhm, weißt du, aber doch einen Ruf. Ich baute. Ich reiste. Ich sah mir an, was man woanders machte, ich urteilte streng – wie du, meine Liebe –, ich sah die Schwächen sofort, die Nachahmer und Bettler mochte ich nicht, die ringsum borgen gingen und den zusammengestoppelten Kredit als Eigenes verkauften. Ich war besser, glaube ich. Nur war ich zu links, nur war ich zu rot, den Salonbolschewisten nannten sie mich. Und das bedeutete, daß ich, als ich ungefähr so alt war wie du jetzt, als ich am Anfang war und meine Mittel zu verstehen begann, aufhören mußte. Ich konnte nicht der sein, der ich gerade werden wollte: mit dreiundvierzig. Rechne dir aus, wie alt du wärest, wenn du zwölf Jahre warten müßtest und ein paar Trümmerjahre dazu. Noch davongekommen, am Leben, und bald sechzig war ich. Du brauchtest mich. Ich brauchte mich auch. Ich brauchte mich ungeheuer und mußte sehr jung sein. Mit sechzig hast du nicht mehr viel Zeit, du gehst mit der Zeit, die kommt und auf die du gewartet hast und gehofft, diese Zeit braucht deine Hände, mit uns geht die neue Zeit, und sie gibt dir zu bauen: Schulen, Sanatorien, eine Prachtstraße fürs Volk. Unbeschränkt vom Privatbesitz, beschränkt im Geschmack, mit Säulen, Gesimsen, Tempelfassaden: Kleinbürgergeschmack, ich weiß. Auch Schinkel empfand Dekoration als beliebig. Da wurde ich weniger streng als in meiner Jugend, ich fühlte mich Schinkel näher. Die Fassaden waren nicht gut, das wußte ich auch, sie interessierten mich weniger. Wie es weiterging, weißt du selbst.

Trotzdem höre ich nicht auf zu fragen. Was kam danach, wie ging es weiter? Warst du nicht enttäuscht in deinen letzten Jahren, da alle dich einstimmig kritisierten, so wie sie dich zuvor einstimmig gelobt hatten? Machen wir keinen oberflächlichen Frieden, stellen wir uns weiter Fragen, lassen wir es dabei.

Du steuerst besser als früher, du fühlst den Wind besser, du fragst auch besser. Du hast das Boot kennengelernt, seine Lackschichten abgetragen bis auf das weiße Holz, innen und außen hast du es bloßgelegt. Jetzt könntest du anfangen, andere Schichten abzutragen.

Oberflächliche Urteile, einstige Kränkungen, Mißverständnisse. Ja: auch Schmerzen. Begnüge dich nicht mit dem Saum eines Lebens, mit dem, was du gesehen hast. Dring rückwärts, geh zurück in die Tiefen, die Anfänge. Erinnere auch das, was du nicht gesehen hast. Es liegt an dir, du kannst es fassen und hervorziehen.

Ich hörte dir zu, abends auf der Terrasse, deinen enttäuschten, spöttischen, ironischen Reden, neben dem Eimer mit den Flaschen im kalten Brunnenwasser, ich hörte dir gern zu und ungern. Die Lampe erhellte eine Kreisfläche auf den Marmorplatten und die tiefhängenden Zweige der großen Birke. Ich hörte dir zu, angezogen und widerstrebend, im Kreis des alten Käptn viele Abende vieler Jahre. Deine Reden gingen in die Nacht, sie wurden klarer und gleichzeitig verschwimmender, der klagende Ton nahm zu. Aber ich konnte den Abstand, den du überwinden wolltest, nicht überspringen. Erst jetzt kommen wir uns näher, ich beginne dich kennenzulernen. Ich war später einmal auf einem Begräbnis. Es war ein kalter Februartag mit frischem Schnee. Die Genossen der Glanzjahre waren alt geworden, sie erschienen mir wie Mumien in ihren edlen Pelzen. Dein Freund Arturo, der weißbärtige Doktor, blieb am Grab stehen. Der Zug war vorübergezogen und hatte den Schnee auf den Wegen zertreten, und er stand in der Kälte, im Schnee, mit offenem Mantel, und sah hinab. Ich fand mich entfernt, zwischen fremden Gräbern, vom Weiß eingegrenzt und allein, ich sah dieser Zwiesprache zu und begriff sie nicht und glaubte, ich hätte dich verloren; du warst alt geworden, du warst davongegangen. Aber ich habe dich nicht verloren, ich beginne erst, dich zu finden.

Such, fang an.

Und das Boot, Käptn, hast du es mir darum angehängt, der Lehren wegen, die du mir erteilen wolltest? Was wolltest du mir beibringen?

Nichts. Ich habe nur gedacht, du würdest es schon schaffen.

Schöne Schinderei!

Du beklagst dich? Du hast dich doch dabei amüsiert.

Amüsiert? Das verstehe ich nun überhaupt nicht.

Du hast gelebt, meine Liebe, du hast dich gereizt und gerieben, du hast Wind geatmet, du hast segeln gelernt.

XIV

Wir sind nicht enttäuscht worden. Es hat geregnet, die Sonne hat geschienen. Meteorologische Erfahrungen nicht nur. Wir sind gesegelt und auch nicht. Das Boot liegt am Steg, wir haben niemanden gefunden, der es repariert.

Es hat geregnet. Der Wald legt uns seine Zweige um die Schultern. Wir hören die Vögel und vom Wasser das Klatschen der Wellen, so still ist es. Dieser Tag erfüllt alle Wünsche. Auch das Heimweh ist still. Auf dem Waldboden, noch naß vom Regen, liegen Sonnenflecke. Der Regen hat Löcher ins Moos gewaschen und die Kiefernnadeln weggespült, an manchen Stellen ist ein weißer Sand zum Vorschein gekommen, kostbar, nie berührt.

Es blitzt. Mit dem Donner fallen die ersten Tropfen. Und schon bricht wieder Regen nieder. Ich nehme den Schirm und die Regenjacke und renne hinunter zum See, wo Hanns auf dem alten, schwankenden Steg neben dem Boot sitzt und angelt. Fädelt Würmer auf den Haken, wirft aus, fädelt auf, wirft aus, die Hände schwarz vom Wühlen im Laubhaufen, der Würmer liefert. Den Regen hat er nicht bemerkt. Ich halte den

Schirm über ihn, wir stehen unbeweglich, während der Regen zischend auf den See schlägt. Kein Boot ist draußen, niemand ist überrascht worden, vielleicht haben nur wir beide die hinter den Kiefern heraufziehende Wolkenwand nicht bemerkt. Der See ist leer und konturenlos und verschwindet hinter fallenden Tropfenvorhängen, Wasser schlägt auf Wasser.

Aber am anderen Ufer wird es schon wieder heller, mit großer Geschwindigkeit hebt sich die Wolkenmasse vom Wald und läßt einen weißlichen Himmel durchscheinen, der sich jetzt über den Anhöhen genau uns gegenüber seltsam erleuchtet und einen magischen harten Farbdreiklang hervortreten läßt. Gelb, grün, violett, drei breite Farbstreifen steigen in die Höhe, beschreiben einen Bogen und treffen sich mit den gleichen Farben, die ihnen von weiter links über dem Ufer zuwachsen.

Jetzt ist der Himmel dort drüben blendend klar, während es über dem See noch immer regnet und das Seewasser von böigen Schauern in dunkle Streifen zerrissen wird. Leuchtend schließt sich der Regenbogen über den Ufern, und hinter ihm scheint jetzt ein zweiter auf, in schwächeren Farben. Immer stärker wird der erste, die Farben quellen, pulsieren, während der zweite wie ein Abglanz bleibt. Und nun, da die Schauer aufgehört haben, wiederholen sich die beiden Bogen im See, ihre Spiegelbilder flimmern bis zu uns herüber, die wir auf dem Steg stehen, unter unserem Schirm, sie berühren uns, schließen uns ein.

Die Seltenheit der Erscheinung macht uns stumm. Vom Schilf fallen Tropfen. Dieser doppelte und doppelt gespiegelte Regenbogen, dieses Aufblühen der Farben – und jetzt schon ihr Verblassen: eine Erinnerung an vergessene Gleichnisse kommt, und ehe wir sie festhalten, ist sie vergangen wie dieser Wetterzauber. Jetzt ist der See schon wieder grau, die Magie, die uns mit einschloß, ist verschwunden. Nennen wir es doch ein Zeichen, diese optische Erscheinung der Brechung des Lichts, wie sonst könnten wir uns die Heiterkeit erklären, die in uns zurückgeblieben ist? Es ist ein Zeichen, aber da wir verlernt haben, Zeichen zu deuten, so wie wir vieles verloren und verlernt haben, begnügen wir uns damit, es gesehen zu haben, wenigstens gesehen.

Gutes Angelwetter, sagt Hanns.

Der mitteleuropäische Juli ist vorwiegend regnerisch. Wir sind nicht enttäuscht worden. Es gibt Sonne, es regnet. Wir sind angekommen, wir werden wieder aufbrechen. Wir werden Heimweh haben und dafür dankbar sein. Auf die wandernden Sonnenflecke unter den Kiefern breiten wir, wenn es nicht regnet, Brombeerblätter zum Trocknen. Die Brombeere, die heimwehlose Pflanze, die zähe Wanderin, wird sie ihr Waldaroma bewahren, wenn wir sie aufwallen lassen im Winter, dort, in der anderen Stadt? Oder wird sie nur einen zarten Geschmack nach Heu hervorbringen?